邮戳

少况 —— 著

长江出版传媒
长江文艺出版社

图书在版编目（CIP）数据

邮戳 / 少况著. -- 武汉 ：长江文艺出版社，2024.3
 ISBN 978-7-5702-3018-1

Ⅰ. ①邮… Ⅱ. ①少… Ⅲ. ①诗集－中国－当代②随笔－作品集－中国－当代 Ⅳ. ①I217.2

中国国家版本馆 CIP 数据核字(2023)第 031715 号

邮戳
YOUCHUO

| 责任编辑：王成晨　石　忆 | 责任校对：毛季慧 |
| 封面设计：祁泽娟 | 责任印制：邱　莉　王光兴 |

出版：长江出版传媒　长江文艺出版社
地址：武汉市雄楚大街 268 号　　　邮编：430070
发行：长江文艺出版社
http://www.cjlap.com
印刷：湖北恒泰印务有限公司

开本：880 毫米×1230 毫米　　1/32	印张：7.625
版次：2024 年 3 月第 1 版	2024 年 3 月第 1 次印刷
行数：3680 行	

定价：58.00 元

版权所有，盗版必究（举报电话：027—87679308　87679310）
（图书出现印装问题，本社负责调换）

少况，诗人，译者，著有诗集《次要的雪》《Cy Twombly的邮戳》，译著有巴塞尔姆的《白雪公主》、布劳提根的《在西瓜糖里》和阿什贝利的《凸面镜中的自画像》。

目　录

第一辑　他养的蟋蟀老了

平潭　003
红山动物园　004
迈皋桥　005
游府西街　006
江心洲　007
锁金村　008
埭头　009
寺前桥　010
里箬村　011
健跳　012
墦滩　013
伊斯基亚　015
丰镐路　016
织里　017
羑里　018
蒲黄榆　019
泰安（2）　020

021 盐城
022 门头沟
023 高碑店
024 衡阳
025 渭南
026 包头
027 拉瓦勒
028 长春
029 营口
030 伦敦
031 奥格斯堡
032 灯市口
033 菲尼斯泰尔
034 滁州
035 普林斯顿
036 白城
037 麦子店
038 常德
039 安特卫普
040 沃尔泰拉
041 锦溪
042 怀柔
043 地拉那

第二辑　他最近失眠，总是无法完成一个意念

047 林场
048 星火路

东大成贤学院 049
泰冯路 050
天润城 051
柳州东路 052
上元门 053
五塘广场 054
小市 055
南京站 056
新庄 058
鸡鸣寺 059
浮桥 060
大行宫 061
常府街 062
夫子庙 063
武定门 064
雨花门 065
卡子门 066
大明路 067
明发广场 068
南京南站 069
宏运大道 070
胜太西路 071
天元西路 072
九龙湖 073
诚信大道 074
东大九龙湖校区 075
秣周东路 076
乌兰察布 077

078 亚丁
079 马群
080 涌泉
081 南阳
082 十字坡
083 罗马
084 江门
085 燕郊
086 蓝田
087 邢台
088 瑞丽
089 武功
090 清水河

第三辑 他把一杯曼哈顿倒进琴键

093 布鲁克林
094 保定
095 新蔡
096 六铺炕
097 金湖
098 肇庆（2）
099 息县
100 多特蒙德
101 江都
102 姚家园
103 凤阳（2）
104 望京

半坡　105
加莱　106
武威　107
多伦多（2）　108
大连　109
丰宁　110
邹城　111
许昌　112
奥马哈　113
吴桥　114
柳州　115
北兵马司　116
饶平　117
安吉　118
高粱桥　119
七桥瓮　120
淮海公园　121
厦门　122
禹州　123
莱芜　124
布拉格　125
第戎　126
图恩　127
临洮　128

第四辑　他去磨冰刀，我说还早

曼彻斯特　131

132 岐阜

133 香河

134 潮州

135 大理

136 科茨沃尔德

137 藁城

138 萨莫拉

139 什刹海

140 北固山

141 巴尔的摩

142 波吉邦西

143 西直门

144 卡达克斯

145 河曲

146 格拉斯哥

147 西坝河

148 来广营

149 巴中

150 太阳宫

151 尼斯

152 呼兰

153 甘家口

154 保定道

155 斯波莱托

156 头陀岭

157 平度

158 临河

159 道县

乐清 160
直沽 161
巩义 162
杜塞尔多夫 163
北河沿 164
富贵山 165
桐乡 166
流亭 167
北土城 168
剑阁 169

第五辑 天气晴朗，我们约好去看雪人

汉口 173
石婆婆巷 174
璇子巷 175
梅河口 176
金昌 177
巴登巴登 178
德阳 179
深圳 180
天台 182
焦作 183
魏玛 184
德帕内 185
哥廷根 186
旧金山 187
鸣羊里 188

189 任丘

190 洪崖洞

191 石楼

192 马赛

193 鲁昂

194 六合

195 灵川

196 火瓦巷

197 小营

198 江山

200 秦皇岛

201 霞慕尼

202 骡马市

203 郏县

205 从化

206 清河

207 北洼路

208 仙鹤街

209 浦口

210 延长

211 林芝

212 小靳庄

213 密歇根

214 元阳

215 道北

216 衢州

217 长椿街

218 咸阳

蓟县　219

　　阿奴古　220

　　滦县　221

　　阳坊　222

　　济阳　223

　　驻马店　224

　　门头沟　225

　　扶风　226

想象的可能性／少况　227

第一辑 他养的蟋蟀老了

平潭

咖啡倒掉前,我们在磨蹭:"如果评论的浓度再不达标,平谈社就悬了"。屋顶是波浪形的,从里面看,几乎接近第一次烫头失败。他,其实我们也没想清楚是谁,反正说他比较稳妥。

重新下载的概率并不溶解,一只小老鼠在屏幕上学习清空技巧。它放弃了唯一一次成为社员的机会。"不行,那些尖利的东西,包括叫声,不符合最粗的章程。"2B铅笔的发明人没借到橡皮,发誓要去一趟萍乡,挖出地下的鸿沟。我们考虑过接纳他去对面厝跑单帮,接上夜的线头。

"有时候我也眺望,隔着海面的水汽。"滴漏技术的价钱翻了好几个跟头,但最终还是一碗海鲜面。煮烂点!煮烂点!可是,我们当时就明确过几个模糊原则。感叹号太强了,恐怕很难适应渐暗的气氛。

于是打饱嗝的社长跑到一块石头前,抬起两条腿。他怎么做到的?是的,他怎么做到不在舌头上留下痕迹?我换个频道,还是苹果脸。弧度,以返回的方式,成为谈话的插曲。他给这些买过保险,被擦歪的脸。

红山动物园

我们约好了去立交桥上捉蛐蛐。你知道它的含义。一个词的真正含义绝对不是它的第一层,就像只有一层的房子还有墙和最终会倒塌的屋顶,我们进到里面,带着要吓死自己的表情,闻了闻空酒瓶,转身去说笑话。

没想到他找来一个方罐头,大家朝它鞠躬。

当记得是忘记的总和时,算盘珠子砸到车顶上,声音如同童年的车间。"你不会来。你是那个不会来的人。"他特意把一个防风打火机立在黎明的栏杆上,等待霞光踩着高跷将它一把抢走。围观的草似乎忘记了自己的任务是长高。散去吧,如果你顶不住这么多张嘴。以及它们含着的干燥剂。

汤色赶不及红亮,他嘴角有一丝苦味。他在脑海里回味着如何抿一下却不被发现。这个词平仄皆可。街道大姨的女儿,因为追一股比她的渴意还强大的气体,跌倒在新铺的路面上。人造革当时是一个非常时髦的概念。我们,边模仿边嘲笑他们的上下铺句式,站得不是很稳。叮当叮当,他回想起第一个早晨。

迈皋桥

他们读完《寻人启事》一小时后，准时消失在原地。我从考古研究所借来各种仪器，还是找不到任何线索。我想应该是毛衣穿反了，把母亲缝在里面的小名露了出来。市民广场上，一个杀鸡的老头长得极像猴子，满脸表情，挥动羽毛扇。他背后是电子瀑布，在时间的空隙里捅刀子，怎么说呢？我已经有三年时间没见过自己的牙齿内部，它们深陷在饕餮和沉默的夹击中。

如果再来一次，如果再来两次，电信公司的木瓜蛋兴冲冲地跑下坡道。他的叫喊声弧度在分岔的路口留下一丝痕迹，但不足以让他自己相信。上个月，他特地请了假，去心理咨询师的家里观察了思想的针脚。最后一个在盘子里发硬，孤单，像被遗弃的五官科仪器。这时，整个小区不可思议地跳了闸。我凭借着微弱的天光，察觉到厨房里的刀刃犹豫迟钝。有人在发信号，但空气中弥漫着糨糊味。"你们憋坏了自己胃口，但并没有把曹操失传的铁锅精神彻底砸碎。每次闹钟里的公鸡——你写好了没有？"

游府西街

黑人猫走过来,闻了闻我的脚印,告诉它背上的水壶:"这个人躲在蚕蛹里,还在吃白天的奶。"它说这番话时有点吃力。你想想看,脖子的扭矩有限,加上狗屎性格,它不会理睬什么水壶和背。"水壶也有背,双面,因此是非背,说得我老师不得不服。"

竟然下起不伦不类的雨:玫瑰精油脸型,猎豹移动器,咱家的耳勺计划,包括中的不全然包括,樟脑丸的郑姓原则,或者,或者的亲戚,等他们下到谷底遇见枯水期。

我分析过,(一)躲在武器后面。备不住车行的兄弟会倒戈。(三)斧子来了,木头如何?(四)一寸寸运过河面,进入(二)。他有刀,这是世界和文字的起源?代沟油是什么意思?可以润滑高邮?

江心洲

第一声蔫炮是由于鲶鱼洄游。第二天,咳嗽办主任上门,分配角色。我猜你猜不到五里地,就有蛾子绕着夹竹桃飞。说明什么?语言具有兑现功能,新开张的也一样。

补充一点:屋里在下雨,我给每一样东西提前配备了防水装置。开关上打一个叉,警告大家不要靠近。纱网刷过清漆,随写随丢的习惯,是深夜爬上顶楼,想象渔火。

你不是要和天色商量报幕事宜吗?徐徐拉开的轰动效果,旧铁,轮渡最后一班上倦怠的脸。我向检票员抱怨那只笼子里的鹅,缩头不缩脚蹼。还顶嘴!铁链子是一件不知哪个年代的遗物,江水晃动声音,他的实心剧团趁夜色未入侵芦花,彩排摇曳。"不能拘捕的局部,你往远处看,它们也会获得某种轮廓。"可能,这种可能性的可能,让家里的大人们面面相觑。他们自从开始扮演观众角色,就哗变了不下十次。老傅走出奇冠药店,脚本台词里没有提到轻咳,但他们中有人表演了,我只能认账。这一天发生了太多其他事情,我用空桶找给他零钱。

锁金村

地方不大,但有一种不确定性,就像半空中有一只鱼钩不停上下,产生一种无法实施又不断加强的恐惧。

要是倒退五十步,从白眉仙人脱发的傍晚时刻起,鱼鳞云布满餐厅的天花板。我们在圆桌底下玩踢脚游戏。这个游戏的规则不允许有人记录,用一个眼神或摸一下双下巴,是动态的非文字的默契。我们把两条腿伸进垂到地面的桌布。里面堆了许多感光水果和蔬菜,最多的是莴苣,剥干净叶子,用刨丝器稍微处理一下,然后插在巨型的蜗牛壳里。

按以前的路走,你会经过一个属虎的人。你千万别犹豫,直接报价。我估计那一麻袋鼠标无一幸免,会成为比赛奖品,并用作新发型的装饰物:别在辫梢上,轮子在背上滑来滑去,保证板仓街的店铺不走背字。这是若干年后,我面对砸碎的玻璃窗,隐隐闻到一股猫尿味。但你千万别信我。吾不见神兽久矣!这样就必须要说到那场赌局。店主们扛着牌匾,在人群中穿梭。他们大步流星,因为周围的人蹲着走路。

埭头

小道士的家被叶子带跑了。他扭头抓过岩石,深情抚摸着,感觉有一种掏空自己的深度。他养的蟋蟀老了,耷拉着脑袋,像是在做检讨。人老了,昆虫也难免被传染,而小道士的另一个自己偏偏牙疼,捂着腮帮子,不吭声。他们两个分别坐在我们左右,我们对视一下,明白是自己的问题。

此刻,秋天挂在斗笠上面。纯粹是出于好奇,你收起完整之伞,杵在腰后,竟然能够做到先后仰,然后前进几步,估计是超过了伞落地后的两倍距离。我丈量着词语内部的宽度,心想里面落灰的地方,像他所说的那样,还是要等拂尘寄到,动员小卖部的坑坑洼洼一起来解决。我说好吧,就算是我被夹在了词语的门缝中,但草都长荒了,数瓦片的麻雀现在可以下来捡草籽。

这就说到晌午,突然有了圆,圆心里住着空洞宗的传人。两家由派出转为派入,从学术上认证联姻的必要性,即把手指延长到虚幻,不等月亮隐去,我们先背过身去,一面是飘散的语气,一面是数字的台阶,全部是石头砌的。

寺前桥

每当那对白鹭落在水边,修表铺失灵的三五牌挂钟就发神经似的正常起来。我问邻座的小温,最近有没有看见师傅。他急忙晃了晃半根食指。他小时候住在庙后面的草棚里,跟青蛙大师学干瞪眼。久而久之,他的手就废掉了。

我们的阁楼是一个偶然现象。师傅当时没事干,天天到河边打水漂。石子穿过空气,产生热量,吸引了水里的蝌蚪。我们几个逃学生,呆呆地看着他,口水弄湿了日渐发育的胸肌。蝉鸣在更高的地方释放热量,师傅过来,给每人吃了个毛栗子:"我们建立一个前现代学院,你们愿意带师傅吗?"

谁敢说行啊?

但我们一次也没敲过钟。它悬在水的中央,像没有爆掉的气泡,挤走干净的水流。师傅说,他昨夜收到一个无名的指令,要求他在方圆五十里内找到那根针:唯一能刺破声音的夜色。旗山寺每夜听见运石板的古人们吭哧吭哧钻进我们的争辩,但很快消失在白热化的表面。"你们不能把我打回枝头,因为那是留给它们的。"小温顿时眼前一黑。

里箬村

糨糊一样的墙,明晃晃的光。她从布帘后窥视闪过去的人影,有些冲她一笑,掩饰水洗的日子。找一部什么外史,读到第五行:"他终于走了,背上那些疙瘩,还是找不到可以商量的人。"板凳,今麦郎,他回来又吃了两粒果冻,增强一下胶水概念,虽然那甜味是他久违的,像和世界重逢。

我的面前散乱着旧照:大背头,下巴过尖,蜥蜴不小心钻进石缝,一场无聊又轻松的谈话。大巴上,那个位子破烂却无法体现成就/陈旧感。你背手,折磨落下去的情绪。《其人其事》结尾,他用一种隐秘的方式敞开其中的痛。"抢救右边的事物,保证它们不在货舱里沉默。"这是一场恢宏的彩排,云搭建起拱门,鼓面朝上,群众鱼跃一般,如跳鞍马。轻声撞击,不是没有可能,但镜头感稍弱的那组拔掉桅杆。他们进山。云窝在里面。

假如纯粹是路过,不张望,我们还是会听见灶台里树枝低语。它们自己没计划坐船。海风上岸,低头往回跑的往事肚子饿了,他要引开保安。

健跳

"好好玩儿半个月,下个月好好做。"

天气不要太好!节日后,习惯性落枕。她在枕巾下面夹了三片人造海绵,用于吸收他的流质思维。有人建议用青蟹壳磨成粉,装进竹筒。竹筒截成普通人小臂的长度,三根一组,用进口尼龙绳绑到一起,代替枕头。但枕巾和人造海绵不能省略,否则落枕的效果不会达到安大略省的初中水平。

"它故意躲开流质食物,常去的地方有无限延伸的氏族情怀,但由于过于抽象,我们至今无人能说清它是什么。"

那个地方白天很烫,稍微复杂一些的结构都溶解在花洒底下。我搓掉表面的张力,让季节性懒惰浮现,如同一把钝刀没割明白花纹。上个月是梅干月。"你说,省略了菜字又如何?穴头脑袋上亮出后来的月。樟树、橄榄树、剪字的柳、岸边的蒲叶和比较怪的,如何让?"

光线披露。索罗斯拎一条带鱼,皱着眉,就这样趴在苇叶上。

齐声合鸣,水泥板下,青蛙啪啪啪,他已经缠好问题,然后,她欢喜如初。

皤滩

礼拜三。瘌痢头双手捧花脚蜘蛛，一边蹦，一边担心跳跳床会塌。里面没有净空二字，炒一盘端来。秧子泡水泡汤，待完成的是他的儿子。

石板五步之外。持剑人在石头上过夜，读几遍脑门，捂热一个半熟的南瓜。与其这样，不如向隅而立。很久了，我们靠干耗，练沙掌，嗓子眼冒烟，成就旗杆上的风。他撕扯半天，没下来。

隔代指腹。原来是当铺的担当，不收半拉子；怀表走满这个圈子，包括花露水去味儿，送他几顶高帽子。合计着是我揭不开歌词部分，其他的豁出去了，像漏风的墙。土的成分里含有自保的因素，大伙儿一拥而上，拦住举旗之人。

鳏夼之月夜。哼哼唧唧，他没挤出几滴。

公元一四七年。蒜头切片。瘌痢头说看疗效，不如蚊子嗡嗡。铁与盐同味，但只是东来西往，可考证的不多。多乎哉？

一条野狗的晃悠时刻。又捯饬几回，簿子上交代得过去，竹篾经手人围绕着后来的蒸发弹出窗口：和虚无的年表比，我们没能力捡拾台阶上的脚印。

不仅是婴儿，还有婴儿车，在争论司马牌的吸粉效果。我一点点把脚从泥里拔出，他们围过来，倒干净主流。

我快崩溃了,抓住天气的袖子,争取下面的风超大号,不像雨后。银楼伸出许多橡子,根根拐不过来,就这么清扫。满地骨头。

伊斯基亚

他没跟我来。他临时改了机票,飞往布达佩斯。我知道他的用心。

洞穴里点着蜡烛,如果不是鼻炎,我会带上两块手帕。

有人在角落里玩塔罗牌。那张长着大嘴的脸,压根不应该干这行!我在一次酒会上和她说了三盘奶酪,她还是咧着嘴,以崇拜的笑容忽略我,蔑视我。我有过几次感伤的经历,但那次翻车,我彻底累了。橘子滚落,让我想起格林纳达的教堂之夜。谁让我搭一辆装满橘子的车?

对了,他是谁?他是塔罗牌的儿子,我的守护神。

我下到滚烫的水中。我的绝缘外套既防止皮肤灼伤,又传导天地的能量。我抓过那个傻瓜头顶上的毛巾,揩去脑门上的汗。《冰经》里有记载,西方御寒,东方抗热。是理性和情感吗?我们都是自己的反面,只不过他没有明说。他从神庙外的地摊上,买下所有赝品,用来抵消他得到真经的福分。他在机场点了两杯卡布,把它们全浇在鞋面上:"你看,我没有方向,褐色的纹路昭显命运。"后来的事,我记得清清楚楚。

丰镐路

故事是养蚕的人讲给我听的。他当时从邢台出发,一路搭车南下:马车,拖拉机,自行车(他抱着商老师的腰,切身感受到体内学识的膨胀),火车……莫名其妙到了西边。他太兴奋了。为了控制自己的情绪,他在车厢过道里拿大顶。火车的强烈震颤,把他本来松动的上槽牙顶回去了。列车员从胸窝里掏出补习课本,随便翻到一页,倒过来立在他面前:"你要是一个字没念错,我就免了你的票。要是还能说出个子丑寅卯,我请你吃盖浇饭。"
车厢里的其他乘客纷纷围拢过来。后面实在看不见的,不得不骑到前面乘客的脖子上,场面越来越壮观。

从灵宝开始,足足有五站,我不得不缩紧身子,好让那个拎包的四眼伸展双臂,记录这生动的一幕。行李架就那么点地方,他说,我们应该和平共处。"我们认识一下吧!"他边拍边说。"我姓简,简单的简。"可是我姓燕,不过这没关系。他们早已用我们的姓氏命名了飞禽,而那些燕子,不停地斜着身子飞过。一辆接一辆……

织里

大屏黑着。我牵出一头山羊,沿着盲道去找那棵榆树。六年前,家属区楼道里,悄悄话窜来窜去,比小耗子们还勤快,胆大。我读书读得困了,就蹲在蚂蚁堆上,好奇地看着它们如何变化路线,调整速度。这里需要说明一点,蚂蚁堆是档案员睢大垒家的古董。他的高祖,一位候补知县,每次读完琐记之类作品,便挖出耳屎,拌以芝麻糊,用手抟好。月圆之日,捏一个尖顶,再将它风干。我为了坐在上面,专门扮作骨头,去找睢二垒玩儿。

哪有什么实体?全是替代品。(他背靠墙根,努力向我解释现实主义和现代主义有什么不同。)雏燕,你极力调好眼睛度数,是的,眼睛,不是眼镜。眼镜是固定度数,眼睛才会自己适应。

还是说说他的嘴巴吧。我从他的办公室门口路过,隐约听见噼啪声。他养的那个机器外星人,捋直了两鬓的铁丝,递给我一张清单:

1. 五尺发言,印在真布的材料上;
2. 瞳孔模拟雾;
3. 三位少女走动。

是的,幻影——

羌里

伞是最有腔调的手杖。他这么想时,真的没下雨。麻雀可怜的小脸从未笑过。接着,我收到账单,2799……以下省略无数(0是最中性的数字,代表无,狄金森说,朴素的天赋和被阻止的文字,什么也没告诉人类的心灵。这种零,一无所有,让世界焕然一新),足以买下周朝以来的萝卜。

好的,我们商量一下东进攻略。他扒拉开松动的土,揪出杂草,带出很多成语。

鼓皮,拉链,先拓印底布。文字的缝制过程引起谷穗脱落。芒鞋之人走到谷底,看见一汪水。

"我在读你的留白,抱歉!"

"我住在最后一个房间里。我在等快递。没有橡皮枕头,我一定会失眠。"这个铅笔旅馆。

"我还在读你的留白。不过,不用说抱歉了。"企鹅们抱着黄色枕头,离开杜伊勒里公园。"怎么还不下雨?我们太困了!"它们边走,边避让行人,尤其是那些肩膀上睡着小黄鸭的行人。他们远道而来,聚拢在方尖碑下合影。

圆圆的月亮是一个好看的零。

蒲黄榆

我们几个把那块中空的陨石抬到屋顶上。它不重,但体积大,我们不得不把门框拆下来,才能侧斜着出去。它当时是怎么进到客厅的,无人知晓。夜里,我们在梦中能感受到它释放出来的能量,穿过门板,直接进入梦的肌理,使梦的表面产生一种粗粝感。但我们是在梦里,胳膊又不够长,够不着梦的边缘。我们是如何知道陨石在梦的表面产生了什么作用?

起床后,我们不由自主地抖了抖身体,开门(把手冰凉,轻盈),站在栏杆后面自己的位置上,怔怔看着表面仿佛飘着一层幽光的陨石。大概有二十分钟,我们能感觉到一股下沉的力量持续拖拽着杂乱的思绪,客厅四角(或许是六角,没人能说清)出现清晰的线条,好像经过什么东西过滤。

居委会主任误食被激光笔书写过的海带条后,先是指甲在夜色中发光,然后是稀疏的头发。我们中的老二是发型师。他把刮胡刀在陨石上磨了磨,出门去修理天线。我们已经有两个月没收到信号了。停电的日子像缠绕在一起的电线。

泰安（2）

> 我不想要这些半完成的面具
> ——里尔克《杜伊诺哀歌第四首》

这一次，壁纸上又少了两头绵羊。弟弟说，从未见过它们聊天，除了可爱，它们好像什么也不会。弟弟又说，我们脚下的岩石，虽然无形，不过是对一种渴念的回应。"你听！"他用修长的中指忧心忡忡地敲敲台面。"你听见什么了？"

说实话，屋子不大，八平米，堆满了家具。墙壁没有被家具挡住的地方，挂着傩戏面具、户县农民画和唐卡。靠窗户的地方是一张大理石餐桌。弟弟此刻已经爬上去，侧着身子，耳朵贴在台面上。"今天是 3 月 5 号，应该能听见点动静了。"

哪怕是萌芽的痛？

我们这个家庭是临时组成的，父亲缺席，母亲是一个隐身角色，主持工作的是一位叫二哥的邮递员。他用纸箱给大哥糊了个牌位。"你们知道丧兄的痛苦吗？"他掏出揉碎的餐巾纸，擦擦汗，继续说。"曾经有一个和睦的家庭，曾经家徒四壁，我们每个人都有足够的室内奔跑空间，我腾不出时间去送信。大哥来自背背篓的彝族，他走后，我们添置了太多东西，包括流浪这个概念。"

盐城

我快两年没照镜子了。每次出门，总是不断遇见熟人；回到家中，影子四下散落，像衣服扔得到处都是。我不能赖天气和时辰。不管笔直走还是绕圈子，只要有太阳，一个影子并没有因为改变长短、位置和形状就彻底被新的影子取代。影子，忘了是在哪里读到过，或许是自己的幻觉，有人说，影子也是一种物质，根据不灭定理，会留存在身上。而在夜里，我自己就是厚厚的影子。按照杜尚的"虚薄"说法，我存在于无数现成的自己和别人之中，并置身于无边的黑影中。

但事情的真相是，我们家没有镜子。刚搬进来时，我们单元门口有一个水坑，积了很多水。天一晴——我们这里干燥，平坦，阳光充足，因为上天对不爱洗澡的人们特别眷顾——我就躲在邻居后面，听他（她）们相互夸赞。最夸张的是六楼的老尚对他老婆说："请问这位美女找谁？"当然，我并没有亲自看见，我只是从大家的哄堂大笑中猜测他是在夸老婆。我不能，也不想等了。我必须赶快回家，脱掉沉甸甸的影子。

门头沟

他给过我两次机会。一次是,"在满屋子的驼毛中找到那根针,很细,长短如小指。然后用一只眼盯着针眼,直到里面走来一支驼队。最后一头是单峰驼,眼睛里含着最后一滴湖水。"

他没有糊弄我。他用一根生锈的钉子,把上面这些话刻在一块榆木疙瘩上。我奶奶,一边搓着麻绳,一边叹气:"你爸什么都好,就是太啰唆。书读的不多,还挺能说。"

除了这两句话,我奶奶已成功做到了不记事情。我抱着榆木疙瘩,坐在她身旁,脑子沉沉的。我在半山腰埋过一块晶莹的小石子,金黄色,看上去像一只石化却透明的马蜂。他们说我在说谎。我这么爱显摆的人,不可能把一块奇石偷偷埋在土里。当然,埋掉了,就不能证明我在说谎。我不能证有,但他们也不能证无,因为去年夏天下过一周暴雨,山体塌方,我埋石头的地方不复存在。"我听见我们扔出的石头跌落,玻璃般透明地穿过岁月。"有好事者找到了一个瑞典人写的诗,可我从来不读诗,还有,瑞典是什么地方?

高碑店

1982年。春秋衫的初冬,你顺着我病句的方向,找到老舅,一个方圆几百里还在扔沙包的小老头。"晚上咱俩叙叙旧,更深入地了解自己未知的领域,比如什么布料,什么沙子,几根手指可以拨动时间的琴弦。虽然你比我虚长三岁,你走路扎实,不像一个咋咋呼呼的乡亲。"

村子的屋顶上,一只眼睛贼亮的喜鹊在看着下面边走路边做眼睛保健操的会计。他姓子虚,名如实,无字,家里墙上画着大大小小的号。夜深人难静时,他家的灶神会产生幻觉,从算盘上卸下一颗珠子,掰开,倒空里面的阳昌酒。粮食好多了,他叹了口气,棉花烂掉,却什么也做不成。

我继续修剪镜中的鬓角,空对空激起了你老舅的成长欲。他一把把你摁在三轮车上,像一捆白菜。"我要去卖掉辈分,哪怕换几块粘牙的糖。"他终究有点不舍,转头望着斜上方的夕阳。我们那时还在掰扯电线杆上的脚印,子虚家的老幺反戴着草帽,走过来。他身上下的汗足以淹没我们的臭脚丫。话难免会说不清。

衡阳

他有胡子,我没有。这是我们的共同之处:胡子。有和没有是我们给予的界定,无实体可依,故不足为据。

我把一把芭蕉放在桌子上,早晨没人打扰的光线,让它们轻盈起来。我想到胖胖的范先生穿着道袍,在屋后的平地上起舞。他每甩一下胳膊,藏在香樟里的鸟都哽咽一下,像吐不出凉气。范先生教我们音韵,摇头晃脑教《关雎》读法。我们在下面写家信,揉膝关节。山上真凉啊!

没过几天,他来到窗下,从地上捡起一根黝黑的树枝,对着半空画范先生的眉毛。不用多说,那是空。想象一下圆圆的白脸,比月亮还皎洁,吐出的白气极远古。

露水。蚊子。晨昏之间,山下的村童来看洋鬼子。我在脑际中勾勒和他的对话。"想法已形成文字,那个角色还在踱步,恰恰在文字的边缘,但不靠近自己的心理纬度。"

明年会在哪里?剪刀收藏的国度描在一张宣纸上,一个囧字里有许多鸡鸣,像这里短暂的停留。他捻着胡须,而我不知自己为何想到他。也不是缘分。

渭南

过去两年,我出门带两顶帽子。其中一顶的圆顶边上有一个窟窿,据说是用来插羽毛或鲜花的。

我住的小区门口曾经是一片水域,大家都这么说,但谁也无法证明。自从他们把院墙又砌高了一米,每天都有一排小贩蹲在墙根卖鞋垫,他们的人数快接近小区里的麻雀了,所以我无法一直低头,假装没看见他们。老婆说,家里到处是膏药味,水池里新买的活虾激动地蹦个没完。

还是再来说说那顶帽子。我家楼上不知租给了谁,每天中午总有人不吃饭,发奋练琴,秦腔一样吼嗓子,导致我煮面和吃面的速度都加快了一倍。多出来的时间我不知拿来干什么,只能倒背工作手册。年终颁奖,领导趁和我握手之际,偷偷塞给我一张手绘的摇滚音乐会门票:《假如你来》,乐队的名字是"羽毛和鲜花乐队",演出时间是我退休后的第二年某个夏天的傍晚。

说到这里,就不得不提我的职业。我是一名统计员,从第一天起,就住在小区外面的一间棚子里,负责记录空中的飞鸟。

包头

两个小时以前,我在一片柳叶上画眉毛。我测过智商,中等偏低。如果记忆,据说是智商的一部分,没有骗我,那一年我三十七八。我坐着一列平行的火车,正轰轰烈烈进入隧道。我不得不合上《故事大会》。记得出发前,我回头望了好几眼人群中的大众脸,算是向自己告别。我深信仪式感有助于丰富一天的层次。

"大概又路过五座一模一样的家属楼,他来到明信片上的那棵榆树下。时间不过是一种结算方式。他从树洞里取出纸条,上面什么也没有。但灰白的光线落在纸条上,他好像读到了一行字。"

我把这段话反反复复抄满面孔。我的方法是,去废弃的郊外,找一间四四方方的破屋,最好三面有窗户,用卖户口的钱,买来玻璃,贴满朝北的墙。我还捡来很多石块和砖头,堆成不同高度。我站在上面,离玻璃墙半臂距离。我从口袋里掏出马克笔,开始往镜子里的脸上写字。我换过无数姿势,蹲成不同的高度,整整写了三天,直到胳膊发酸,才想起来自己是在发明一种抄袭。

拉瓦勒

我看见老虎的时候,天上的星象变了。

"你往前走两步,不要回头。"声音渗进耳朵,从一个遥远的喇叭。我闭眼,手搭在风筝两侧。这不是我的臆构。我在减肥班上认识一名太太,冰冻柿子面孔,但嗓音里透出对生活炽热的爱。

我们早晚会飞的。牛角包,三个(她有点鄙夷地替我撤走一个长相难看的),咖啡,印着蝙蝠的餐巾纸。"不相关。真的!我告诉你,地上的活儿是赎罪,赎失眠的罪。紧跑慢跑,我们都难以抵抗睡眠的力!"

我拉开空荡荡的抽屉。可想而知,里面堆满记忆的终极材料:远洋轮包裹的蚕丝,雾如淋浴,报关单上后来的机智对话(单方面的),我跟着一个背影走下舷梯。关闸。浓黑的烟迫使他们变得亮丽。

但林子里挪移的是晨昏的感觉。

月亮诡异地升起。比萨罗去了海峡对岸,比海顿晚了近百年。

后来琴键丢了,莫名其妙地。但序曲已经谱成,就在抽屉里。妙就妙在巴黎上空浓烟弥漫,淹没了飞行的路线。

长春

天黑了。空荡荡的大街上还有不少人走动。他们没有什么具体目的，就像散场后，演员们重新回到舞台上，仿佛在回味哪里不对，但其实就是一种失落感，夹杂着某种说不清道不明的已然获得感，驱使着他们的身体寻找一个没有目的的去处。

但是，我已经被从观众席驱逐出去。演出开始不久，抽离的 B 角窥视到我的激情，随时可能冲进一场很冷的对话。老式的办公桌，玩具一样的电话座机，按彩虹的颜色摆满第一排座位。她手里拿着话筒，巡视着。

我骨子里是一个自编自导的演员。"从零开始！从不表演开始！"但我忘了观众也是一种角色，而且肯定是更大的角色。

演出还在继续。演员们不得不丢手帕给后面的提词员。这出戏，如果去掉语气词、重复的话，真正有所指的词语不会超过二十个。我了解演员，话越少，越容易忘词。

现在我回到工农广场。我在那里有一个固定站立的位置。风从四面八方涌来。我知道这么讲有点不通，但事情确实是这样的。

营口

我的物理是王广义老师教的,但不是那位同名画家。现在我非常确定,假如当年我不去省城一所野鸡大学继续学习广告学,我备不住会去学柔道,把复杂的事情变得有点韧性,不会一撞南墙就跑。

《相对论注疏》对南墙的建造年代给出了不下三种推论:如果沙漏进水,它早于或晚于某个移动的靶心,即上苑奔跑的麋鹿,有时是一头,有时是齐头并进;关键是对称,比如当你用"从前"来描述时,我已经同时打了斜杠,注明"以后"……在这个基础上,他们搭建了一座墙外挂满梯子的弹性实验大楼。我的卧室朝东。

不知从哪里,父亲捡到一个四方的水晶球,让我计算里面映射的各种物体的弧度。

暮色按时笼罩,樱溪公园里大阴小阳,或小阴大阳,注定我们这城市并不是罗圈腿比例最高的。但我对旧家具的改造产生了浓厚的兴趣。谁不喜欢住进中式大衣柜里?三个抽屉,玻璃门后面配着纱帘。我从海边回来,她递给我一杯凉白开,然后说了一句我没听懂的话。

伦敦

两只鸭子在海德公园走丢了。泰德还在做俯卧撑,并且忍受着一只难看的虫从手背上爬过,一边爬,一边嚷嚷:"它们去哪里了?它们去哪里了?"仿佛那两只鸭子偷走了自己过于肥大的心脏。

还有穿黄雨靴的脚,明显是来自多雨的夜。我撕一角吐司,塞进嘴里。"他们告诉我,双重巴士空着一个座位,但不是留给它们的。"我只是这么想着,把这些话咽下去。

他要去码头领回泰德二世,一只被游客们的眼光挤瘪的气球:不是黄色的,睁一眼闭一眼,不过小了很多。他带着泰德的委托书,走到我身边:"我确实见过其中一只,湿淋淋的,翅膀上贴着创可贴,仿佛穿过蒸汽时代。"我又撕下一角,不过这次是天气的衣角。"我们还是去问每一对接吻的情侣,他们的年龄、性别和喜欢什么嘴形。另一只鸭子,现在肯定煮飞了。我的意思是它金属的骨架。"我望着一朵云从两架飞机中间飘过,像一顶假发。我含糊不清地补了一句:"他是不是也叫托尼?"今天是星期二。

奥格斯堡

不知不觉,我来到了一个三角形广场,或者说,是它自己跑到了我面前,因为我还在系一根不断滑走的鞋带。宝拉送给我的马蹄铁被酒保借走了,我必须等他还给我。这是明天不下雨的保证。

我出生在附近的中世纪小镇。谁也没见过我的父母。一群鸭子里,总有不呆头呆脑的一只。我在面馆里发现一张纸条,上面什么也没写,但我非常确信,在我弯腰捡它的一刹那,上面的字消失了。我事后去莫扎特故居,问了三名游客,只有穿红黄格子衬衫的西班牙老先生告诉我,我确实没看错。他用颤悠悠的手打开公文包,给我看一份花体文书。其实,我早趁他不注意溜走。他还在那里对着一棵橡树解释。

但我并没忘记他。每天入睡前,我都会用剪下来的指甲,在墙角划一道。当然,是面朝西南的墙角。宝拉在图书馆上夜班,负责给小说里的人物盖被子。他们白天被读者打扰,有的还和他们激烈争吵。昨天,我一边擦着门口的脚印,一边听她读君特·艾希的《气候变化》。

灯市口

"说过了？说过了？"听见的那只耳朵耳垂上一道横切的绿光。晚饭还要等。掀开屏幕，猫扑过来。

不全是看戏的，一半以上不是。门槛的优惠券佝偻着身子。当年抻不直的不值钱，比方交给柜台的小算计落灰，比方一口枯井里攒不齐芒种前的雨水……说说而已。轱辘当真了，顶针当真了，不会吧？

就是要钻进时辰偏窄的一头。

空箱子是初冬。背柿子叶的口袋系紧，防止北边的气散掉，而衣服全穿在身上，不如赤脚对火。有这么一位临潼人出溜着。滑倒这里产生各项不宜，包括流着鼻涕听李改地。（所有译名都在被刮飞的柳叶里想到新的叫法。）

摊开不存在的东西，像指针错过一秒。风腻歪在床上，下地的未必不是带来的锄头。光线又低矮半截，仿佛补上去的句子。出溜吧，再过几旬，醋也紧张起来。几只火晶。

也可以是火箭，或火尖。留神一扇磕脑门的门。钢琴竟然飘着，比雪还庞大。

就是要在木塞子里辨认面孔，一路飞奔的溃败。就是，也就不是。

菲尼斯泰尔

翻写工作进展得很缓慢。

墙后面总是传来蛤蜊的味道,头发长的一律戴头盔,沿海岸线寻找光溜溜的石头。一项任性却艰巨的工程:划出手臂,在海鸥撕玻璃之前,夜空昭示了遥远,随后卷起。小个子蹲在那里,荒草没过肩膀。泥里的沙。

再来一遍。网兜塞满手。《摸鱼儿》。

海风带来衬衫的红——等等,先不急着画等号。匆忙有匆忙的好处,是删除否定,是用铲背敲灭余烬。当然,挖掘也可以在空中深入,那里或许是一个更好的地方。房间已腾空,再刨开地面的木条、龙骨,里面还有依稀可辨的干草。但已经来不及了。那么,怎么使用东西表达词语呢?

翻跟头一样的下午,已经连续好几天了。这里好没有好的意思,像药店里的好价格和好险是两回事。瓶子洗干净,光反射冰冷的面孔。门口要不要引进几只企鹅?用鼻子检查邮件的没有一个不喜欢企鹅臃肿的身材。

但没说到飞机。乘客和不说话的乘客坐在一起,比较哪一种红更红。

滁州

他们说,除了环绕问题,声音如何流动?

他们,如果我没进山,见到磨剪刀的人,我不会把门牙拔出来,顶替符咒。小公鸡,在诅咒蘑菇的过程中差点失态。我西服的纽扣的确是金华定制的。

你有这张牌吗?皇后望着国王,有些差别,云雾之日坐在丢了玉的人身上。"粥黏糊,我们的词语特别失败,不许我写下悼念的词。"或许他是对的,为了一寸,进入浩瀚的沙漠;我叫骆驼,并不意味着门头沟的孩子会读书。

我的历史老师寄居在凤阳。他骂人,淹死在酒中。要说剪纸,还是老话题。用手电照亮音符,没一个妥协。趿拉着拖鞋,我忧伤,款款走过黄昏。"我的肺快咳出来了,假如他们不加入假如,谁会发狂?"是的,我师弟买下矿山,宣布脱离。

豆腐的性质,如果假如就是加入,加入可以看作是设定的箭。所有设定保不齐是一块豆腐。递进的方式被歪曲,我去凤凰小区买牙膏,最实惠的那种。我意识到命运的安排,有伞有车,宛然是蠢货。

普林斯顿

草末之神,比如风。他们输入字母,在底下标出发音。他们飞奔。钓鱼老头扣开铝饭盒,里面有几对蚂蚱。草末之绳,搓出老茧的手从未摸过,如此,找一条新闻,如旧衣裳,翻出里子,依然是风尚待刮过的地方。好可怜,真的没有人入住空旷的自然。

小朋友忘系钥匙串,出门碰见须的敌人。太敏感了,那个代价明显,那个歪嘴捋不到昨日的夕阳。船头船尾各站一人,管神经的科长找大副聊两斤天。虾有虾筋,从脊背抽出,供给须。龙须在码头对岸,卖票的婶娘摆准姿态,不准我们捡回去。

谁愿意停下?真的,谁不是自己很愚蠢的样子?

我的眼睑,最近被词语贫乏者反复检查。

小毛病在屡次擤鼻涕中尴尬,不是因为我好多年不读报了。核心技术像甩袖子。你切开柚子,你渐渐抽掉那些丝。

屋子不大,小伙儿熬着这里,不会打扮,衣领上却绣了字。"多不幸啊,假如你躲开火苗,遑论那些落地家具,遑论小个子 J"。

白城

2月18日,那一天很冷。他们把我的棉袄拆开,在一团团破棉絮中寻找那个根本不存在的秘密。"放心,我们会找到的,因为没有不存在的秘密。你的存在,不管以什么形态存在,都无法消除你试图躲闪的命运。"他们是一组轮流说话的人,也就是说,一句话被分割成一个个音节,比如,"放心"的"放"由比别人高两个头的大个子说出。他特意低下头,不给其他人造成心理阴影。他的身后好像躲着一个人,因为太瘦小,我不能确定自己真的看见了,所以"心"仿佛是从大个子的袖口里飘出来的,低沉,完全像是"放"的尾音。但我的辨音水平不高,证明不了"放"后面是"心"。我当时正在一口大水缸里忙着找自己,胳肢窝夹紧防水手表。心跳、水泡和秒针的沙沙声全混在了一起。

天快亮了,他们变得急躁。彩排了一整夜,还没入门。远处传来火车的鸣笛声,下一批棉袄马上运到,等着他们去拆。不过,大个子身后的那个人终于现身。他没有胳膊,脸是我手表的表盘。

麦子店

我在积分换冷静的比赛中输给了一只黄皮肤的青蛙。它根本不看屏幕,虽然两只鼓出来的眼球感觉随时要和裁判打架。裁判后来告诉我,如果我能换一个角度,坐在吧台椅子上,我会发现它们很温顺,内敛,像门口不时探进来的小脑袋。"你能不能解释得再清楚一点,一万分是否可以分两次支付?百分之六十给遭到拒绝后的慌乱,剩下的给拒绝时的慌乱?"

我听见冰块落进水里,没有沉到底。一朵云的影子滑下淡蓝衬衫的肩部。他们走累了,坐在自己的疲倦里,开始思考昨天犯的错。头皮发麻的下手急忙去买汽水,但他在途中被吐火球的表演吸引,忘了自己要干什么。他甚至忘了自己口袋里还有夜里发光的冰袋,直到观众纷纷递给他小广告,他才醒来,不好意思地点一圈头,表示他很抱歉,没有及时通知大家夏天取消了。

又到了青蛙换衣服的时候。我把裤腿撕开,卷到膝盖上面一点点。我的手心在那里摸到一个数字,然后又是一个。不少房门挂着全新的锁。他追了上来。

常德

路边没人,两只乌鸦在打量一盘残局。它们眼角留着眼屎。它们没去找夜里忘记关门的药店。现在的人越来越谨慎。山羊好像说过。他时常说一些貌似精辟的话。

山羊是邻居家的小孩,是我们这里读书最多的。下雨天,他喜欢捧一本塑料书,坐到露台上大声朗读。他消化不了的粉笔和面粉,从嘴里流出,粉丝一样挂在下巴上。但这不是他叫山羊的原因。

最近不开花的槐树开始在夜里唱歌剧,从普契尼到罗西尼,惊醒了三个在喷泉下对表的人。是啊,早一秒晚一秒,中间那个手腕上的偏偏错得很准时。"你听说了吗?为了谢罪,火枪手的老婆摸了全城的鸡屁股。他真不该吓唬你们两个,东打一枪,西放一炮,就是不来我这里报到。"他说完,顺便用吐沫擦去表面上的水珠,独自离去,留下两个没有肚子的人面面相觑。"那么我们谁是山羊呢?"问题像餐桌上的空盘子,等待他们回答。

历史走到了城乡接合部,吞咽动作相应增加了难度。塔吊转过来,又转过去,好像知道。

安特卫普

起初想到过把地点和人名都换了,避免抄袭的痕迹太明显。但作为一名匿名者,我从未想过跑去街上拽住行人,告诉他们这些文字是我独创的;也没偷偷打印出来,寄给杨森老师,试图证明他对我敷衍了事是错误的。当然,没有他的漠视,我不会去找赫尔曼倾诉。他没劝我。只是不停看着餐厅外面的行人,评价他们的衣着。我不得不说,他品位一般。第二天早晨,我从宿醉中醒来,翻开君特的日记,读到下面这句话:"算了,我不和他们啰唆了!我要宽宥他们,一如我宽宥自己。"

君特是我的病人,喜欢否定自己。上一次,他倒着从门口走进来,背上贴着张纸条,上面写着:今天我不想直面世界。我的语言系统崩溃了!

我把屋里的灯光调暗,从架子上选了一张韦伯恩。有半个小时,他一直面墙站着,听着音乐和我读当天的新闻。我尽量模仿播音员的语调,一种中性风格。我注意到他肩膀开始抖动。赫尔曼是对的,虽然他并不认识君特。他说过,最好的效果是别人的。

沃尔泰拉

作为盆景委员会的列席会员,我不得不说,父亲当年是错的。他站在门口,叼着烟斗。很坦率说,我鄙夷他。我只有六岁,但我知道他不是我的未来。他挥着另一只手的食指,嘬着没有点着的烟斗,告诫我:"休想拆下机翼,它们都有主人了。"我在一次拍卖会上,当然是他隐居斯里兰卡种茶期间,怂恿董事长以五千万的价格拿下孔雀王朝的一只蜗牛。它的价值是,它还活着!

后来争议的百分之八十,不会超过八十五,全部装在紫陶花盆里。我掰下上面两颗门牙:"你看偶像剧吗?这是最好的准备。"一群珍珠鸡冲下舒缓的山坡,来到院子里。我们围坐在一架退役的飞机模型四周,庆祝鸡腿云的大量涌现。"他们都是北方人,难以理解天气的变化。"你说是屋里吗?

卸下檩子的那一刻,故事在缩小。

回到源头。他有三兄弟:一个在山顶上点火,一个在半途剪羊毛。还有一个是他的附身,即他的浮生。但他很挣扎,因为我在他内心深处埋下逃离的路线。像一个外来词,像抹去本来。

锦溪

第二下又激起了他失败的记忆,一颗悬在痛中的牙,仿佛摇铃,在推出的镜头里。后面,是的。我已经走到你面前,像一堵墙。他转过你的身,看着自己,越走越远,拖着透明真空的行李箱。身体里水在晃悠,随时会撑破天色。

一次后院拍卖,模拟其他人生活。

我不小心成了你清单上划掉的一项,或许两项。第二项接近关不紧的水龙头,游丝一样,自己又企图变成一排砖头等距离立起……他掰着芭蕾舞鞋柔软的帮,在做上场准备。背景暗下来,一座旧城的拼贴版。"你踩上去,脚底像马鞍那样,盯住更加景深的那一点,如同你快看见自己浓缩成一点绿。"好像有了这种感觉。是的,你有打扰我的义务,而我压住自己的手背,当然是用手的一侧。

但我们是在讨论彼此吗?蘑菇头的早晨,影子属于狗吠扑倒的深蓝。刀片划开,哈气,再哈气,天气冷下来,确实与小镇合拍。出资方雇用了纸板、油漆、降噪设备、棍子、许多双不安的手——我们是在南方?还是仅仅是?

怀柔

笨拙画风的主修者最近遇见绵密的针脚,个个颇有气质,又有气无力。我在怀柔,天空的倾斜度被记录在案;作为我的同犯,一点点泄露机密,或者,泄露一点点机密,看你是有耐心?还是够细心?

在巷口吃完等身的蛋糕,他觉得自己有力气去隔壁面店参观了。他打算看着我看着小东西在碗沿上劈叉,一声不吭,让等在门口的钟医生抢拍。钟医生做了两手准备,但就是没带相机。他交换了左右手,害得我差点吐出快吞下去的口诀。《两只老虎》来自法国,那么良知呢?柳枝分叉,怀河岸边留影,大家假装什么也没发生,或者,发生在棉袄里。高粱红的晚霞直接挽起袖子,你也太鲁莽了!

但鲁莽偏偏就是我们的主张。我们没打算细想到底是谁"一声不吭":回答他的你并不同意选择走弯路。风使劲摇树,耕犁的人多半耳聋,一声不吭的反而是树根。

第一届准大师进修班还设置了抢救中心。钟医生给每个进去的学员号脉,顺便画像。他们在讲台上走来走去,等着我认错。他们有足够的耐心。

地拉那

他说你把鞋脱了。我盯着自己晒坏的脚,有点内疚,低声解释给他听为何没穿鞋。雨越下越大,好像有没关紧的窗子被吹开,撞碎玻璃。他像是嗅到了什么异样的气味,张开鼻翼,眯起眼睛,跳过我,看后面一片模拟风景。是彩排吗?如果没有背景乐,没有仿真流水声,我们的对话绝对是经典的经典,可归为每天发生的自然交流。你看,满院子圆桌,蓝气球在中间和桌底飘来飘去,被四个角落的鼓风机吹得既兴奋又疲倦,像提前到场的临时演员。

地点:拖拉机手之家。环境陌生,比如这里。

大厅相当简陋,地面依旧是夯土。(他还是坚持要我脱鞋:"难道你不热爱依旧感吗?")我把嚼了两周的蓝箭用锡纸包好,装进小布袋,并用指血写上编号:进二还六。这是个三位数。

我们还需要在谈话中继续未完成的项目。我们最终会在广场中间,用各种膨化食品盖一座假山。他穿着不透气的节日服装,帮着收门票。从后门进去的观众还没搞清楚我何以忙着画符。这是一项赤脚运动,目的是淘汰真伪。

第二辑 他最近失眠,总是无法完成一个意念

林场

我们计划按照萧伯纳的方式反萧伯纳:松木和锯末的三月,J 在一片草地上找到那把锈尺,拉到 1 米 69,然后让我读出每个经济学家的名字。

在一次数字模拟的躺平马拉松赛事中,结论开始有了点眉目,但还不足以传达老人对愤慨的深情。房间不大,是临建,据说配置了许多迅速消解的功能,比如椅背的硬度,背靠上去,隐约感觉到它在减弱,从石头转化成塑料,再变成有弹性的塑料,然后表面开始溶化,露出里面塞得很紧实的布料。起初有一种皮革的质地,但渐渐地,渐渐地,我们隔着两条街,都能听见海浪的声音。

我们不得不再一次介绍一下 J,他的捉摸不定的年龄,他有时为什么会突然消失,就像我在终点站下车前,意识到自己还没吃晚饭。可是外面天已经全黑,很多人打着手电在地上找东西。他(她)们每个人都戴一顶泳帽,像剃了秃瓢。"你没感觉到风雨降至吗?" J 掏出一枚戒指。"梅纳德送我的。他说,他最近失眠,总是无法完成一个意念。"

星火路

省略第二步,如何?
省略第二步。如何?

如果关掉声音,没区别。声音,不是声音的设备,包括我们发声的设备:自己。声音早于我们,在我们之外。小妞拽住爷爷的辫子。爷爷早没影了。山扎进几棵香樟和一堆破砖头,我叔叔说,你请她来发言,不就是不让我开花吗?对了,我叔叔是一块阿姨的花布,密度正好,一剪刀下去,过去就倒计时了。

前几天,我还蹲在马路牙子上,和蚂蚁们讨论杠杆原理。它们埋头苦干。白天像一粒米,从我的鞋带上转移走了。要不是不远处有一个水坑,我一定不会意识到自己光着脚。马路又拉开,底下是灯火通明的倒置建筑。我现在还能清晰记得,只有六号房间灭着灯,但声音嘈杂。我急忙在手心里记下:死寂般的明亮。死是一种比喻,般若,一个无用的字眼。

第三节是暗室里的纹理课。大家闭着眼睛,观那团内火。她省下一盏灯的油,在朱家河里换了几颗零星的星子。老人挤到人群的最后,每一步都像是在跳舞。

电话进来时，阿尤刚从芦苇荡访学归来，满脑子警句。"别看我嘴小，但进去出来的都是精华。"我赶紧把重新设计分数表的想法又往里掖了掖，确保音色和轮廓看上去像婴儿的小棉袄。这大热天的，他们为何要裹得那么严实？

而且收敛得那么恐怖？作为 J 的不在场证人，我们私下里商定，尾巴留给晚礼服。有好几次，半夜里，浩浩荡荡的羊群从老山上下来，挤在浦仪公路上。但是，说了没人信，因为从未有人见过。第二天一早，一切如故。路上干干净净，连一根羊毛都没有，而路边的草依然挺立。

可是，就是有不少人喜欢做麻雀和樱桃的博弈题。鉴于胡教授的面子，J 把它们拆开，用三合板搭建了一个鸟屋，收留所有走丢的音符。他说，契诃夫曾经收到过一个偏方，但买梨的人在炉子旁打瞌睡，不小心碰翻了羽毛转盘。那一年，天空寂寥了三百六十五天。

不该见面的人终于不顾自己怎么想，从不同的出口出去，有人带着问号，有人戴着皮帽。

泰冯路

你还真的穿上他们做的铁鞋,来到现场勘探时间的消耗度。同学们,每个人的跳棋猫都歪了,含着含片,打量你腕上的手铐:"多少 K 的?不怕人抢吗?""马?"我胯下的德宝矮马骄傲地昂起头,从曾经是稻田的书店前走过。"我的泪如铅球,小号的那种,在黎明时,天光陡峭,我们垂下双袖,默默地告别夜!"

稻田。他们端出盛了一半清水的碗,在里面养自私的蝌蚪。"千万不要放泥鳅进来,不要!真的不要!"一个理工科女生,指了指晚霞的房顶,对脸煞白的房东说:"这是让我放松吗?看来不像。不过,不来不能证明勾股定理的下垂。老妪的歌,估计只有围兜的老 O 头能哼哼。是的,盘起的蛇不认零竖起的扁圆,所以,鸡蛋花枯萎。海外移,渔民咧着嘴,目送千帆。我的刀子钝了,我的钝角坍塌。"

当然哭泣的小孩从来不备手帕。他嘲笑我的下午四点半(取决于轮轴的转动角度),零飘起来,渐渐地,马戏团有事做了。太阳捂着脸,不认耳朵和鼻子的徒劳。

天润城

《宝葫芦三部曲》其实是一部伪经。我给他买了张二等座的票，回到家里，等他上门来磨刻刀。如果你细想，那个年代，没有远程购票系统，前面那个他肯定不是后面那个他，他们年龄的差距被楼下的三头笨鹅嘲笑了很久。

经过食堂，一个挖地三尺的泳池，我用胳膊肘怼了一下害羞的狐狸。它急忙把头埋得更深，吊带与后背与我何有哉？

不过，你不得不佩服天光的弧度，在天花板上表演完美的舞蹈。"现在几点了？火也许还在燃烧，地平线后面的投影，难道不是我们所恐惧的吗？"它的嘴被夹住，不是，是粘在了一起，被自己分泌的唾液。

现在是截屏时间。车窗玻璃被划伤，暂时性地——我打开一个个盖子，把它们码在语词下面，数字慢慢淹没在意义的自动涣散中。当我想还原时，所有的瓶子已经跑远，像铁轨上的静电。

解释一下吧："他确实想用等号取代情节，曲折的部分是波折号，不是破折号。"这个不是不可能。我在三角关系里发现了很多平行四边形。

柳州东路

我花了两周时间,抓来一头雌雄同体的山羊。我替它脱掉印着"奶茶瘾患者"的马甲,用钢刷拉直毛发。"有人在敲玻璃。"它咕哝着。 "别操心,那是假玻璃。"

地上又长出几顶帽子,记得住汤包店的一位外地客人总是戴德不分,他们劝他发明一个"挨饿"发音转换器。我五岁时认识了他的导师摘灯泡大王。大雪纷飞后月光皎洁的夜晚,他的产能非常高,一路飞奔,手到擒来。戴德不分的徒弟清空了附近所有的面粉,对着赏雪的人们喊叫:"看好你们的口德!"

"那么秋天的芦花怎么办?"它流着鼻涕,向门口的一面破镜子走去。有人在里面小心翼翼地忙着发豆芽。我吃了一片抗酸药,把钢刷放回窗台。

两周加一个上午就这么过去了。再过两周,他们终于可以送来他的钨丝头像:泰特(另一位光明使者)。还有一本厚厚的创作说明,由三名山药蛋祖师爷撰写。他们隐姓埋名,穿行于各种羊肠小道。

我在客厅的河床上跳来跳去,躲开被踩碎的鹅卵石。

上元门

我倒是不反对用灯笼养金鱼,也接受你们把自己的情感按表格填写在每一块瓷砖上,但仿真学问题不是仿真,是问题。

怎么说呢?我们家人多,难免孤独。我经常连打雷都听不见,雨衣也派不上用场。我们挖了个很深的地窖,供那些穿剩下的衣服和鞋在那里继续拥有自己舒适的行动空间。天气暖和时,我这里指的是地下室季节,我祖母的一件蚕丝小棉袄说,趁现在还穿得住,我们去看一场电影吧。这些话是细声细语讲给我三姑的婆婆的小羊皮手套听的。从前去过大光明电影院的观众中,有两位的长衫和旗袍很不开心,因为它们要让出座位。于是我们只能在地窖 B3 为它们临时改造了车库,将它变成点心铺,让它们闲逛,买些平时不太吃的零嘴。事情倒不是很难办,虽说费一些工夫,但最多就是读两版影视广告的时间。我说过,我们家人多。

我有一位远房外甥,无意中得到一份机密文件,里面是各种水草的明码标价。我知道透水事件早晚会被写进家族史。

五塘广场

我回到家里,关掉电视。沙发靠背上,影像的残存,如同她刚才对我的沉默伤害,聚集在一起,不是同一频道的人无从感知。

故事要快进两代人,你的外孙女扎着小辫,头顶一张荷叶,向你奔来。小区门口卖糖水的阿尤父亲说:"昨天,我在调试投影仪,墙上突然冒出你的剪影。虽然是轮廓,但从下巴那里,我一眼看出是你沉思的样子。你女儿的女儿,就蹲在你身后。她手里举着纸做的风车。我眼睛开始肿了,如果再看下去,我会看见自己的未来,而这个是我们每一个成员最忌讳的。"我们坐在凉亭里,孔雀和梅花鹿在周围走来走去。一棵倒在地上的芭蕉叶,每隔五分钟,招来一个戴斗笠的诗人,手里举着养乐多的空瓶子。等自己的泪水快灌满时,他就洒在瓢虫的背上,然后身形让给还在后面排队的瓢虫。

瓢虫绝对是一个有神性的存在。"你不是说是唯一的存在吗?"路边,一个长相俊俏的青蛙,把掖在对襟里的桌布折叠成帽子。我可以不用在空中倒带了。

小市

昨天晚上，斑马妈妈又和我叨唠了场的阈值。"斑马"是我读书时的绰号。我后来去学裁缝，师傅把家里的秘籍，一本五十年代的《非洲地图册》送给我，作为事业指南。

"出门为什么忘了戴斗篷？"是啊，出门为什么要戴斗篷？极有可能是姚老师来过。我继续拆一根线头，装着没听见。一朵云从第一棵梧桐树移到第二棵，姚老师在上面做了个鬼脸。

事情要从超市筹备委员会说起。姚老师的先生去了趟老门东，带回一个鸽子笼。"我们家先生小时候画过飞机，你晓得吗？很早以前，他凭空画了一架飞机。他爸爸妈妈问，你画的是什么呀？他憋红了脸，迸出飞机两个字。那是他第一次开口说话。他至今还没学会叫人。"

事情越说越麻烦，像一把生锈的剪刀，引起了邻居们的关注。我曾经想过，在我最困惑的时候，我认认真真研究了标尺和比例，就是忘了看正文。"你看这只鹦鹉是公的还是母的？"它还需要穿衣服吗？兆和的后人们羞怯地从讨论中撤退，直到天色太晚了。

南京站

建筑

一种不新不旧的样式。有人拖着话筒的画面,尴尬地闯进凌晨六点十分。其实,戴耳麦的群众演员假装彼此不认识,又对旁边的一位极感兴趣。"说你呢!不允许带活物上火车!""是活的,但是假的。只有眼珠会转,声音是我提前录好的。"而且,我买了往返,就是为了带它进站。现在可以出站了。光线斜切,从天窗泄露,角度和从前扫地的大笤帚保持一致。

鞋跟

切糕。改锥。木楔子。对发型提出新的要求。他设计的袖章得了奖。

规格两种以上的含义

与尺寸有关:虽然是扮演,还是要投入真情,设定可以量化的指标。没有说你,不要回头看!

与分寸有关:速溶奶茶。我们最近又突击了一批假发胶。以后他们会在发际线那里插入铁丝。鲸鱼骨架,我在开玩笑,虽然比较学术。

拖着扁担的人一看就是冒牌货——

行李不姓李

干脆用录音方式解决。站台上,往南走的人北上。风追着一只超薄的空塑料袋,好像在逗自己玩儿。你把伤疤露出来,证明事情已经过去。喝豆浆的人在急刹车。换季了。

新庄

拖鞋的号码标注在每个房间的门楣上。客人如果有不清楚的地方,可以打电话给一个叫哇哇的领导(其实是一条会说话的智能领带),咨询人生的下一步:吃好以后如何睡好?

戏拖堂了。主角的岳父中场中风,医生在赶来的路上。"为什么要虚构这个情节?有何必要?"确实,他忘了。作为一个业余演员,他一直想自我惩罚一下,没想演过头了。明天,如果天气预报应验的话,他的雨衣就是预言。

那多出的那间房间怎么办?

他们曾经试过用一种新的格式安排情节与性格的关系。心智是秋天的悬崖,在《祖国旅店》里,罗伯特读到名字,也写了《名字》。昨天,他看着油条,问一个种树的人:"以前这里可以骑马,怎么回事?"

房间里,毛巾被一只翻滚的猫挠坏了。"我真的不记得有人记得给自己写蹩脚的传记。打拍子发生在沙发上,柔软,谦卑,起码听上去如此。偶尔会有掐指的血迹,但墨水一样的夜……"

我父亲一辈子赤脚,给他们搬运道具。

鸡鸣寺

不能再说了。

好像有一口井,喝井水的比丘尼不与喝河水的沙弥探讨词源问题。

我们去请下一届女子杂技团团员穿上高跟鞋,站在伞顶上。画可以这么画,但话怎么能这么说?

他坐在和平大厦楼下,画一对鸡翅,树上落一只鸟。杯子的影子寄生在窗玻璃里,游动着。蛾子飞进去,没沾湿灰粉。每一个路人都从空中领一只杯子,举着,穿过他的思路。她说,我能例外吗?

她们拖曳长裙,穿过夜色。夜也是一面长方形镜子,我们用十度的水擦洗,抹去记忆之汗。"我把方案递上去了,可是,他们说,喜欢智利车厘子的袁局在剧场里流口水,淹了文献。在他彻底痊愈之前,没人敢去翻他的手掌,读那些模糊的圆珠笔遗迹。"

写到这里,我已经丢失了十几只蟋蟀和整个秋天。在一处没人的湖面上,运输镜面的起重机被挡在故事外面。故事是一座另起炉灶的庙,但在同一个语言系统里。谁也没想到,她们用伞搭建了一个工作室,专门培训各种身体动作。你会适应的。

浮桥

在他解释清楚什么是什么之前,我躲在揉面板后面,承受柔软的压力。会有人醒来。我们叫来外卖:一根葱,正午之白,春天占据了绿。"先生,你的鼻子来了。"领票员戴着塔形帽子,本来细长的脸愈发煞白。我用手帕抹一下额头。"但糨糊贩子还在反复训练概念的纯度。对了,他父亲那年八十,弹一手好琵琶,指间多少会有遗憾。"

好大的月亮!驼背舅舅好激动,眼皮往上翻,双手拍打地面。我把杯子里的水倒空,月亮不见了。那张大脸,趴在舅舅的背上,仿佛一个自我的圆。

但是道具呢?

让他们继续下盲棋。羞得松鼠赶紧捂住眼睛,一束追光把它圈在里面。演出快要开始了,玻璃弹球在观众的口袋里安分不起来。我确信它真真切切听见了,并且相信自己的听力又丧失了一些。好在不多。也许脚本必须如此架构,每一根动线都在月光的背面。若不是他扮演他时不够狠,眼神与深夜被潮湿的风腌制,那么你好好想想,这里铺陈需要什么?括弧里各种风向标?

大行宫

两半桌子一拼,他用食指和中指夹住一根针,针头朝外,向周围的人展示一下,针头挂了红线。谁知他突然手腕一转,一条红线呈抛物线落向话语的水面。无效的概念荡漾着,就在一杯水中。续茶。已经寡淡了,我对一个字的兴趣。

这是一个椭圆形磁场,便于跑马,也正好是一张桌面。一张不会方言的脸歪成斜躺的模型,这个是否太艺术了?

"马脸?"一个江山来的人有点羡慕小面包。小面包在富春江里泡软了。

此时没用后者,我作为时间的后者,候着。我的前者是胶水也是锯子,但后面修辞策略变了,铺在明面上的语汇因为材料的改进和创新,把线头线脑掩盖了。"我想到一个人和一个词。人有时是词,但词把人否定了。"你要我帮你卷起来吗?包括尾巴?他们懒散成饭桌的常客,"无所用心",所以我们办了一个用心研究所。"那么言不及义怎么办?"我们后面有个院子,草长到后襟,就等一把火了。用及相当于拥挤,即拥汲。故事到处无法结束。

常府街

> （它咳嗽
> 就有人来到南方。
> ——车前子《南方》

屋顶上长草。光线摇曳在鼠尾草上，不是风，他们的心也没有影响心电图，胖护士问我，要不要买些围嘴？他看上去很任性。对了，他为什么这么能吃？他耳背，一口气吞下二十四节气的鸭舌，我们只能在气球上画一把贝克特的勺子。

你用丙烯还是乙炔？我从隔壁的窗户望出去，月亮快升到射的高度。他是矮个子，尽量不呼吸，而薄雾一般的白精灵简直不可思议。他们靠白色充胖。

连说话都没到，还挂着毛巾。话边说边擦干净，但愿！

而表面敞开的衙门，广厦，苦哈哈一出戏，各自演各自的。我去修鞋匠家借刀，他把前面的门牙卸下来："估计你不会缩形。这里的后花园长满几个人抱的棕榈树，水泥公司形象设计人说，我，我，我，每叫一声，都是在下巴上掖一条细长的毛巾。"

屋檐翘着。一个人不能独自站久了，中间铺路的尘土，几次联袂的失败，怎么能怪没有递出去的信息？还是规规矩矩，干干净净，恭恭敬敬，各位哥哥姐姐！

夫子庙

我的父亲是夜里跑火车的冠军,有五年时间,一直生活在别人家的瓜棚里。我们全家就待在鸽子窝里,给他们糊火柴盒,一种专门用来点蚊香的火柴。

我记得是一个阴雨天,屋里的光线太暗,母亲不得不取出祖传的暗盒。她用它储存父亲的能量。

"把眼睛都闭上!"
"有区别吗?"不知是哪个弟弟咕哝了一句。母亲背过身去。我们是从气流的颤动中感知到的。不管发生了什么,母亲只有说话时才发出声音。

按照以往的经验,雨不会按时下。我们心里都有一个自动开关,调节雨天的长度和雨的密度。有时,糨糊过于黏稠,最小的弟弟又流了太多鼻涕,我们只好用眼神商量一下,决定启动阴天模式。不用多久,最多是紧嘬两口烟的时间,父亲就放下身段,在话里话外多用一些敬语。于是母亲松了口气:"万事皆有银边。你姥爷是梦见过金边的人。""是金边来的人!"姐姐急忙纠正她。我们有两个姐姐,声音一模一样,但只有一个出过门,"下一站是武定门站,请……"

武定门

打完唇钉后,我的思想一下子清晰了许多。傍晚,我晃悠到迷你发廊门口,拦住一位大爷:"两个选择,要不红刘海儿,要不绿毛辫儿。""小胡子,我不是来理发的。我是来给孙子送驼奶的。他每天要消化这么多黑暗,必须平衡一下。"

看来他比我还明白其中的诡谲,一脸盐渍地在愈发黯淡的天色里给我的自以为是提味。遗憾的是,我并不领情,愣在那里。光是刺透,不足以改变我和他交叉而过的轨迹。

我终究忘记了是哪个郊区,但我还能手绘出路口稀疏的草木,她牵着骆驼站在一片空地上。草草几笔。"阿尤,你可认出了自己?" "我吗?一个卖盐巴的人?"

在马道街与转龙巷夹角的地方,他们在拔旗子。我想,这下我可以蹲下了,用一根树枝胡乱画着地面。

或者,去找一个更小的夹角,把身上所有的存货掏出来,让影子般走过的人逐一认领:一把小刷子,木柄上尚有白天干活的余温。至于干了什么,两个夺门而出的光头对视一下:噫,瞧自己的脸!

雨花门

打石子的功夫是一头狮子传授的。不是石狮子。那会让人笑话的。我师傅真的去过非洲,带去两千盒清凉油,遭到街道无数母亲的咒骂。那种带着真爱的咒骂。一位追求空隙的留学生,从辛辛那提乐队跳槽,因为马群居民的面孔近几百年变化太大,他实在无法把握历史的脉络,于是决定在一座小庙里挂单,然后继续深造,以期达到石头的境界:一朵花里绽开的石头。

突然会有人问,农业知识是怎么回事?种子,如果你不藏几粒语言的种子,如何耕耘?在雨点砸碎泥土的时刻,他找来一位收款员。一个字,比一个子儿还猛,也萌,但还不是儿子。

在他的晚年,院子里的树婆娑。它们不会有其他样子。一句话,像皮埃尔·乔瑞士没有说的那样。卡罗琳·富歇说(她后来改了),看见已看见实在是累赘,而题记里,柳枝婀娜,像一位有法国血统的美国女人。

在我收到的词汇里,照顾双眼的水,如何说服?

你真的发现了吗?他们是法官,他们还在以前的命令下谴责你。

卡子门

打包计划像一本过期的杂志，我是在飞往下一站的途中，无意间看见前排的乘客在阅读。我们正在遭遇强烈的气流，行李架盖板像牙科医生桌上的假齿，上下不停磕碰。"你不怕病人烦吗？""我不烦他们，他们凭什么烦我？一个个捂着腮帮子，脑袋里有人在打钻，谁还能听见别的什么？"

这位别的什么，早年专研螺丝课，用指甲在页岩上画十字。我在自己的意识里飞来飞去，一下飞机，就急忙赶往下一个机场。但我会抓紧一切机会仰头，提肛，脚跟着地。如果这个动作难拿，就去买一个棒槌。老J在屋里发面。他和夫人是住院时的病友。两个人面黄肌瘦，却是拿捏意识的高手。昨天，在半透明的第六层意识里，以仙人掌和绿毛兽的综合体模样出现。"可爱又扎手，是吧？不要不好意思承认。"他翘臀时，我知道晚饭的抻面一定筋道。

经过反复琢磨，他们最后确定了潜水艇残骸的方位。长馒头潜水艇，当然，也可以做成鲨鱼的样子。老J回头，白了我一眼。

大明路

我右手靠近中指的泡不是因为摩挲了一本愚蠢的旧书。事实上，他们把所有旧书都用玻璃柜保护起来。这是一项巨大的工程，我的发小知了大师四处云游，专门募集玻璃镜片和秋分时的露水。你知道，那个年代，戴眼镜的人不多，而崇拜是一件不需要用眼的事情。山很高，我们爬累了，坐在半山腰喘口气，交流一会儿如何回家：翠竹、君子兰和郁金香，关于它们的象征意义与纯图形研究，早期的蓝图上没有标注。"进来？是我说的，因为刚才你没听见有人敲门。你太专注听写了。"我们继续往上爬，偶尔望一下远处的云，孤零零的，很仙，但有点可怜。

让我们来试试敞开式阅读：

我挖过一个坑。我把树根、石子、玻璃碎片和不知什么动物的牙齿用水冲干净，码放整齐。

他坐在沙发的斜对面。售楼处是不规则设计，正中间竖着一座假山，名副其实的太湖石。门突然自己打开，外面没人。我记得他拿起话筒，什么也没说。作为时间的标本，哑剧的每一个慢动作好像是——

明发广场

我要找来一堆堆过期的报纸，按日期堆成小山，再用石灰把它们刷成雪堆。我已经在准备堆报纸的地方浇筑了混凝土，然后装上鼓风机。那是一个塌陷三米的深坑，夜里，流浪猫聚集四周，像土拨鼠那样互相作揖。一位懂猫语的朋友告诉我，它们之间的寒暄比古人还懂礼数，比如各种敬称、忌讳和必要的声调。她还说，我的唯技术论正在破坏这里的一种气氛。但我们两个争论了很久这里都包括哪里，实在无法达成一致。我们在雨水弄脏外立面的天气里不欢而散。

这个问题于是像无处不在的假想敌那样正在伤害着我们腌鱼小组成员的关系。

不知从哪一任组长开始，我们每周四晚上，把历史上聚餐的传统做了调整，用省下来的钱，包一间酒店房间。人少的时候是锦江之星。我们进屋第一件事是打开电视，不停切换频道，直到大家都唉声叹气的时候，就停在那里，然后静音。屏幕上闪烁着画面，我们开始发牌。总会有人抓到一张不是终极理念的牌面，并紧紧握着自己的手。

南京南站

在一个五年质保的空间里,我待了足足六年,因为行李丢了。

我在失物招领处旁边的小卖部买了一张海报:第五代绿皮火车缓缓驶过,但好像只有一名乘客,戴着面具,茫然地望着前方。

"茫然的面具?去哪里买?"

捋清谱系,冷静地分析槐花香型与童年的创伤,不得出任何结论。

你看我的发丝,根根直立。我在皖北的平原上烧完麦秸,像一个婴儿被抱进一片荒原。"他不允许被艾特的。"

那时候,正常的事情拐了个小弯,但又无法实现完美的小偏差。"他爬上城墙,把乒乓球一个个投进他们的漏洞。他没想到,那些无底的漏洞……"

保管员J长着一张西汉脸。"我姥姥告诉我妈,买辆大众,谁也不会在你家后院撒野。可是,读《徒然草》时,我只会看图。门口一头迷路的鹿在阳光下反省:是我不够明显?还是未来的路不包括用鹿角分叉的?"

无人化掉。我在脚本底下打通了地下车库。大批卖粉丝的娃娃妈问我:龙口在东北角,但哪里?

宏运大道

《熊妈妈到底叫什么名字?》。新的生活方式发端于个人的边缘。这里从未有过报刊亭,一张烤红薯的脸,每逢高峰时段,愈加褶皱,愈加破皮欲出。我和他女儿走在河边,她一句,我半句,抵御着时光的流逝。"他过去捏过泥人,舔过糖霜,可是真要让我说明白了,估计你会厌倦的。"

我们相遇完全与一枚嵌进路面的银币无关。"你知道一种叫绒布的花吗?"我一度着迷于未经证实的史料:酒杯反射壁上的水蛭,鬼谷子藏身之处,有两口大缸;荆公晚年突然腻烦了自己的邂逅,但他谁也没有告诉;每一座陪都都会在未来给自己创造一座陪都;小白脸临窗,从晚玉兰里嗅出虚胖的味道……等我把问题记满了塑料皮本子后,我无意中翻到你的留言,字迹模糊,像梅雨季加班加厌了。

但晶体管的说明书直接拒绝了同义反复:不允许人称出现在里面,我不会指导你如何取出我们之间的他们,一条马路牙子的杂草曾经混迹于车辙。他拖着水管,从墙影中走过来。

胜太西路

胜太老师眉头紧皱，意味深长地说："上次在方山顶用餐，清炒虚无，熬时间，腌所指，水平尚未入门。后来得知，师傅出自海门索家。"

我们站在在建的阳台上，惊奇发现风把所有飘着的塑料袋挂在了一棵栾树上，却把它的叶子均匀分配到楼下每一辆驶过的机动车前挡风玻璃上。

"所有描述都有漏洞，"他话锋一转，往后退几步，面有难色。"很多次，我仿佛进入一个漩涡式的怪圈，自己对别人的依赖性，牵扯到意识的重量和密度。"我们在小广告上速记下来，准备第二天小组讨论。售楼处的小伙子，穿一件质地坚硬的风衣，不时掀开，让我们看见里面挂着的钥匙："这些都是我师傅托我保管的。他去秦岭闭关了，三年后回来。你们老师选择在未交付的楼房里开展研修活动，真是英明，比卖出去两套房更让我开心。"他的眼眶开始湿润，外面的风也好像停了。我急忙腾出右手，伸进口袋，捋着它的小脑袋。我养它两年了。我是在一片类似这里的工地捡到它的。

天元西路

这里曾经是一片稻田,烧过后,他们用废弃的轮胎圈出舞台与观众席的界线。沙土注入,整个第二幕长达半小时,沙土一直在注入,从漏斗一样的装置中流下,堆积在轮胎后面的稻田里。最后五分钟,掌声盖住机械设备的噪音,因为不知是谁的孩子用变声的嗓音问:妈妈,我们为什么要屠杀猛犸象?

话语之夜,月亮像一只莫名其妙的灯笼。这是 A 面。

其实,我没走多远。视力虚弱的时刻,花瓣一层层包裹自己,如意义夹缠。枝条纷至,以它们自己或许知晓或许不知晓的走向,打格子的画法破坏了其中的有机性。"你看我的掌纹,哪一条是天与人的地形学?""你是在背台词吗?鸭子扭着胯进到湖水里,夜冷却了白天的热情,但并非总是如此。《台词集》寄存在前台,有序,有跋,有长篇累牍的注。全部的正文就是这些:序、跋和注。"

树影有气无力睡在过去的供销社门口。夏夜是浓密的一团,收罗了云气和四周的飞虫,一张思绪图。尺八竟是喑哑的。

九龙湖

对话发生在体内。无一例外。

我一直以为对面有一家小卖部,出售各种尺寸的刷子。像感觉的蕾丝边,像无用的下午被勾勒出。结账时,旁边无故多了乌鸦嘴:"天空流淌着汗水,负债累累。"我塞给它一块苏打饼干,它差点扎疼我的手。我其实没过马路。我骑着电动车巡视卫星城里的杂草,寻找匹配我们家族的一种。我的意思是,粉刷破墙的基础材料。

苏打饼干被拆迁过数次后,变得异常酥软。"我们都是天空不屑的渣子",另一只穿制服的黑鸟加入进来。"它挺着肚子,连自己的脚尖也看不到。""所有低空飞行的东西,没有不喜欢落地的。比如墙根,干燥天气,撕碎的嘴皮子。再比如你,尤其是你!"我有一句没一句,对他说着。

对话并没真正发生,像一个关门的动作。湖边蹲着一排写生的,每一位脑门上都贴了一只猫眼,以便观察更远的窥视者。冬天,薄冰下是泡烂的梧桐叶。他离开我的体内,至今没有回头。但愿他头顶上的天线没刮伤什么。

诚信大道

我和孟菲斯的关系始于一张金字塔明信片。单位同事小孔知道我单身无聊，经常替我搜罗各种稀奇古怪的小玩意。明信片是他在北京旅游时从旧货摊上买的。"上面的阿拉伯文字，我问过北京牛街的一位老先生，说是几句古诗，咏诵星辰永恒的孤独。"

小孔是高淳漆桥人，专职替老板养了二十四只蛐蛐、十二只蝈蝈和四只鹩哥。公司年会的日期，是由小孔掐指算出最佳的斗蛐蛐大赛赛期。全司员工从各个分公司赶回，坐在环形会议室里，观看比赛。会议室天花板正中悬挂着四块大屏幕，现场直播比赛和老板的年度总结报告。老板根据比赛进展，紧密联系业务，即兴规划公司新发展方向。"时间是一个虚拟的概念，年月日都与鸟兽虫鱼无关，我们没必要为它们感到悲哀。"老板蹲在斗蛐蛐的瓦罐旁边，手握话筒，深情感慨道。"明德昨天半夜飞进我的办公室，告诉我今天的比赛结果是一道数学题。"明德是四只鹩哥的统一名字，因为它们是四胞胎，没人能区别哪个是哪个。

东大九龙湖校区

我们一致认为老胡睡得早,觉醒也早。他没事揪两片树叶,用牙刷轻轻刷干净,夹在两块长方玻璃中间。没错,他有四块玻璃,长 18.4 厘米,宽 13 厘米,尺寸完全和那套国学经典丛书的封面一样大小。

"你看你在冲咖啡,我在捡树叶,道在谁手里?"他迎着光举起玻璃,两颊出现了泛黄的影子和淡淡的叶脉纹路。很快,翅膀展开的影子,像一本从正中打开的书,倒扣在他头顶上。要下雨了。

直截了当一点吧:灰色总是好的。我记得他曾经去水泥厂写生。他在右耳后面夹两支铅笔,一支 2 B,一支 4 B。"他们让一只看门的猴子牵着我转悠。因为咳得厉害,它站不直。它的主人请婚假回家了。"他怕我没听懂,把玻璃靠在旁边破自行车的车筐里,然后从屁股兜里掏出一张黑白照片。"它绝对是只灵猴。主人带着老婆去旅行结婚,这张照片是他送我的。你看他们夫妻后面有一棵大榕树,树叶里面藏着一张猴脸。没错,就是它!"

秣周东路

父亲养马之前养过蚂蚁。他见识了事情的两个极端：微观世界，广阔天地；分工协作，奔腾不羁。问题是，他苦苦找不到中间的平衡点，不断在城乡接合部奔波。有一天，他拎着公文包，走进地下室的蚂蚁网吧。房间是按八卦阵形布置的，所以客人必须提前报出八字，由机器替他选一个号，然后交出手机、身份证和目前的情绪状态（思想其实不过是一种胶着的情绪状态，自认为条理清晰的人，是极其幼稚的，因为他把世界也看成是条理清晰的），得到一个眼罩和一个耳机。"走过弯弯曲曲的道路，我们来到一片草原，我们将在干燥的风中闻到无尽的孤独。"网吧老板人工合成了《乌鸦与麻雀》里赵丹的声音，循环播放。父亲顺从地戴着眼罩和耳机，来到自己的机位。

但网吧老板万万没想到，父亲与他错身的一刹那，已经和他换了个身份。现在坐在父亲机位上的是头发如鬃毛的巨型蚂蚁，它凸出的眼球里映照出父亲所有的日子，而父亲鼓着肚子，平躺在地上。他如愿以偿了。

乌兰察布

专门为你打制了一个两层楼高的圆筒,中间掏空,用披垂的软组织构建流动的幻想,供北面小山包上的游客们指指点点。

游客甲(磕磕绊绊没进入吃口香糖的队列):我把耳朵借给他们家两代人,结果呢?你们听我说,沉到底部的,是配音作品。

游客乙:pass,我手里没牌了。我想下去找找。没准进终点站的面包车会让你们再暂住一个工期。

游客甲的儿子:我按照要求,蒙上了眼睛。(他穿一件你不会想到的铁线莲背心,坐在树杈中间,瑟瑟发抖。叶子还在落,每一枚上面都有一个耳环,与那个筒的光泽互补。)

导游(她一直在指挥溪水里的各种蜉蝣生物,手里握着嘶哑的话筒。话筒是游客乙借给她的。游客乙以前也是导游,但住在另一个时空里):你还在路上。(她非常有耐心,不断重复,堪比模范骆驼。)

突然又多出来一位游客甲:我认识你们说的那一个你,就像你们认识被复制的我。我用一堆线条塑造对面的城池,现在我加入你们,抛弃了你。

亚丁

他们打井时,挖到一个英国人的幽灵。他不说话,坐在酒瓶底,两眼放光,盯着手中的雨伞把手,仿佛那是他的灵魂居所。天黑得很快,人们开始上街。我又想诅咒了。你说我该怎么诅咒自己的过去呢?

我的家乡曾经有一个斗兽场,只对神的孩子们开放。我下意识地对那只虚空的驴耳朵说,你是我见过最优雅的生命,包括在梦的蓝色巨秩里。树叶快被那些蠢货嚼完了。挂满假水晶的圆顶,你最好躲开,越远越好。不少个下午,我看见他们驾驶着飞船追我。等一下,对面的海好像在塌陷。是的,声音像沙子一样流失,那些翻滚的帽子!那些马戏团的色彩!

有人端上来一个空盘子,挤满各种爱、忧伤、泪珠的光泽和笑声的碎片。支付币种?他们忘了写。在那份五年合同里,你可以用命运和勇气签字。清点豆子的日子,我已经成功地溶解了记忆的塑像。每一行字隔着冷漠的沟渠,我在里面豢养血肉模糊的帝国。它们在蜕皮。

我折起下一个节目单,像折起一块脏手帕。

马群

枪响了。开枪的两个耳朵内卷,像新手捏的馄饨,可是写作者一不想夸张,二想北上。"大亏,你明白吗?永远是这样,大慈,一如大词,都是有损听力的。"

公园里人满为患,卖烤鸡心的叫卖声快赶上公鸡们讨论的节奏,谁占了谁的位置,即骑上去的姿态,越来越否定师傅的传承。先是摆出来一个品种的几代,各种证书,验血报告,主人题款,暗藏的记号……当然,这些被戴箍子的人扫入心电图。"你们真是浪费,天地这么宽,为何不利用?"

送牛奶的问围裙的英文,阿派朗差点凑上去。

其实,他们最早考虑到鼻子。应验,灶上热气腾腾,两条得皮癣的鱼,弓起背。难道这不是遗传吗?不是付了钱还没等到送炭小伙的一系列早晨?还有早餐。尾椎骨顶住牛顿学派,他们大部分来自牛津,学习划船,做抽象练习。但是鱼籽已经熬得像小米,烫嘴,除非替笔的情怀腥腥起来,像过去每夜的梦。

卖苹果派的家属在自我证明中写了不下五个通假字,枕头鼓起。

涌泉

橘子。老年斑。从地下捅出匕首,老和尚借给我父亲头像。读书人散乱,夹在他们中间。橘子,一路小跑,她冲向一个喊声。

最近砍伐严重。行李进屋,他们匆匆的角色,由很多人滚铁箍般穿过大厅,穿过橙色乒乓球,落地弹起。"先生,您母亲关照过,牙膏的记忆,实在不行,可以风干。我在楼下喝酒。小动物替您买好了保险,可以抵御地狱。"不是一根培根夸张,但真正看见她时,他不敢靠近。说哈喽。如果一个抽象的词此刻挤进来,还是说哈喽呀!

谁在保证一只狲猴的心情?哪怕不是我编织的夜。不错,从开始谈话,我们涉及了更广泛的无目的,作为他们不解读的部分,我迷航了。我买了不少仪器。那天,太阳对自己无语。他问隔壁海獭,如果他们背上一个包,谁还来经历这些崩溃时刻?

箩筐是空的。空着。脖子伸进去。有人提前守望过,"人们吃的都一样",在太空中飘。总算。从草丛中一把拎起的蛇,确实要听他说,说到城乡和它们如何影响词语。

南阳

前一天晚上,他把我叫到床前,给了我两把钥匙,一大一小,包在一张破招生简章里,"大的是房门钥匙,小的是开箱子挂锁的。"他一定是看见了我满脸疑惑,虽然屋子里光线不好。"你先把房门修好,然后努力工作,争取早日能买下个箱子。"

可是锁在哪里?

阳光眯眼的时候,我跑到河边洗把脸。小树林里,三个人在交头接耳。他们不知道,声音会找到自己的归宿,如同打铁的将军早晚会找到敌人。所以,我特意洗了洗耳朵,掏出里面结斑的尾音。他们在说我听不懂的事情。他们相信落在肩膀上的蝴蝶比麻雀可靠,可是他们还是每一个头顶一堆柴火。不用多久,第四个人会骑一辆飞鸽自行车,从旁边驶过,去档案馆更新我失踪两年的报告。

时间在漩涡里发出吞咽的声音,搅动着水草。现在,他们分别抱住一棵树,把实在说不动的事情全部吐出来。他们脑袋上的柴火落在地上,没一根断裂,但那些羽毛,发出轰鸣,简直不可思议。作为第三人称,我没提出任何异议。

十字坡

经过装饰性房屋时,他注意到窗帘布图案画反了。他掏出笔记本,准备记录自己的感受。本子皮还是廉价的人造皮革,但有一种不太一样的气味。他拿错了?还是它变了?这个符合他对事物的理解,你不碰它们,它们自己会变的。

"观演笔记",确实是他扁平的字体。"不过,"有人在模仿他模仿他父亲的声音。"你什么时候去看过戏?还是概念性戏剧?"对,他下意识地把"对"字写在旁边。然后回头。没人。"没人。"他继续写,继续读——

概念性戏剧有四个特征(开始有点眉目了):
1)直线。文字并没按笔画变化,舒展,或草率地了结。搬道具时,为了缓解疲劳,场记用头顶着倒立的方凳,学僵尸挪碎步。"不对!你应该跳着!"
2)空寂。就是清场。清空所有出现过的道具。
3)绝对的白。白的数字挂在白板上,降低它们的色差。有人建议用同一种材料,直到白导说,我怎么办?
4)残酷。你就差这一步!

他差点原谅了模仿者。

罗马

骡子。马。修士腰间的衣带和袍子下摆的扬尘。一部石膏书。

"穿过天井,阴影书写它自己的历史。"

许多元音的早餐。鳄梨和一顶丝帽。"我在测量柱子的罪孽,你去门口张望远处的圆。树冠,燃烧的树冠!"贫穷不是亚麻色的,他挤进石头眼睑的沉默。"我喜欢看它们在台伯河里洗脚,这些天空的弃儿。"

"我看不见后脑勺,但能听见它在思考。很像煎鱼的声音。"

肉桂色的后代。手势夸张,根本等不到八月设防。"松针里的歇斯底里,然后……"

盐在微热的油里。阴湿的战壕,他们抬走柔板,曾经的室内温度。隔着屏幕,你很激动,不时压一下鬓角。塑造我们滑稽的性格和命运。外表庄严,尾随——我说到哪里了?

这里已经是华丽的台阶,海风狼藉一片。"他们说他偷了情妇的下巴,怎么可能?他们根本不可能用指甲去抠墙壁上的连体字。我说了,衣柜里没有。你从这里慢慢抵达古老的这里。"

下午五点钟的虚脱——

江门

飞机准时从屋顶飞过,他喝完凉茶,去关窗户。那只蜗牛,现在应该已经躲过尾气和劫难,从公路上爬下,进入稻田。他对自己的构思很满意,但马上又开始讨厌自己的平庸。他在家里很多地方放了海绵,用来惩罚自己的软弱。

昨天,确切地说是在我走错入口闯进别人的画面的前一天,即范罗岗商业城关门前五分钟,你们在彩排提前关门,一种排他性活动。你们用只具自性的物体,也就是那些不会进入自身暗影的纯黑色物体,搭了一个倒三角。

他再次回到窗前。对面,事件在不到下一次事件准备齐全之前,紧贴墙面。楼下弃子的人捂着面孔。我转身,去查那些绿的到底是什么东西。文字显示是盒子。没错,你们认识这些盒子,以前还在里面假装睡着了。我说的是以前,不是你们!

给一个暗示。我用右脚跟擦掉左脚背上的泥,泡沫超过半数是牛蛙养殖场释放的。按照图形指示,我到了停车场,看见他正在用电焊枪切割标致车的车顶,旁边是一头父母领养的长颈鹿。

燕郊

也没有那么冷,不过我语速放慢了。门口两个打伞的先生对视一下,从西服的内兜里掏出浴帽,一只手动作极其娴熟,把它箍在脑袋上。今天没下雨,但是阴天,礼堂里飘浮的粉尘颗粒并不明显。

从一个纯辅音,羞涩与犹豫手拉手下了水。水的台阶,几乎是试探性的。

因此我必须说到悬在那里的这里,如同一辆行驶中的火车真的着火了,火苗点燃沿途风景,空气中弥漫着热情。这是火车的字面版,现实版的乘客们还在下一站候车。猎手因为两手空空,只能先去登记,列在候补名单上。遣返他们的雪橇,为节省空间,暂时靠墙立着。今年下雪的概率还是蛮高的,他们越讨论,越觉得一定,也必须是如此。

还是决定由你组织听众围过来,靠近下陷式浴缸,等待冰块的游移。我利用大家目光涣散的工夫,去后台的化妆室借了一个容器,有点像黑胶花盆,又有点不像。好几块薄荷软糖卡在我的喉咙里,因年代久远,失去了融化的功能。回来时,我的鞋底不停冒汗。

蓝田

我原来有两张纸,都是白的,一张正面,一张反面。大医生说最好分开。他还把早上吃二十个鸡蛋的论文赠送给平衡木研发所,希望能给他们申请专利助一臂之力。

大医生姓名不祥。他念过几句德文,没事就详细给我解释"昔彼所在,汝将往生"里面自己的独特贡献。我当时没睡醒,又太随性,拉住他的领口,再三恳求他详细讲讲。"不要把衣服和语言混为一谈,虽然它们都是一种外在。衣服生死皆同,语言阴阳有别。"他填表时写错了字,不过"祥"和"详"已经上升到一种本体论高度。我本来还想问他本体两个字怎么写,但手机突然响了,领导说我被游客投诉,要赶快回去写检讨。"是不是昨天讲解奥灶面时有一位客人是文字专家?"他继续抱着我,一点不慌。

写到这里,你们应该已经猜到我是一项专利,一位智能导游的虚实两用体。但有点虚胖的大医生确实是一个人物,一项通往古籍的任务。他拍拍我空心的背,敲实里面的棉花,像作者苍白的脸色,走出地下室。

邢台

他们在地图上没找到。(你说什么?什么没找到?)

他们就地蹲下,狗屎的日头。(递给你毛巾的无一不缩肚子,好让血液迅速回流。我听他外婆剥毛豆时提起过,但她的指尖熏得蜡黄,衬出毛豆的嫩皮——不要忘了,她不是本地人。你进入他的圆场时,并没看见,但还是马上打岔,说一些不会引发记忆活跃的琐事。他们开始展出自己不堪入目的下午。他们按大都市的街道命名方式创造了新的幻觉。)这是一本纪念册,所以……我们理解,包括用绳子围起广场中间的阴凉。

你听说过最小的城吗?当然不在这里。

(社长特别说起,请他姥姥上台,传授指尖功夫。他还拨了专款,保护她的手。)

后背火辣辣的。翅膀绑在一起的蜜蜂在做示范表演。这是一座卵石公园,我赶紧补充道,小型的,你可以塞进裤腰带的折叠公园。否则协会主席拒绝上台。他和社长是失联多年的战友,一个喜欢苜蓿,另一个喜欢宽卵形的荚蒾。围墙外面,人们已经不再跳绳。

瑞丽

我以为自己有能力讲述一个可信的故事。伤口痊愈后，我把照片、纱布、每一次换药的影像、背景声音，还有那个体温计，全部交给一位网名叫"高乐姆"的陌生人，因为他，按照他学会的手法，可以在两寸的皮肤上建立一个全息图像，还原我的伤痛。

"你确定这是自己吗？"后来我又在忘了扔的皮鞋里找到一张图像模糊的照片，应该说，除了中间偏右的人脸，其他都非常清晰。"上衣肥大，肯定是米线大妈三儿子的，裤脚又太短了，绝对不是本地人。"我盯着一片云影在明亮的泪珠里晃出晃进，像在荡秋千。你趴在竹床上，听风从很远的地方揪来破碎的树叶。

这是我第九次参加合成进修班。为了避免误会，高老师特地发来贺电，并把它们刻在一粒盐上。注意！叙事的轨迹在偏离，你开始流口水。"时机成熟了，然后反转。并不是划掉它。两条杠压不住原来五个字，却足以泄露更多的信息。省略是好办法。"一只双齿多刺蚁拖着他，在黑板上写下很多黏稠的往事。

武功

这个故事应该从头发讲起。三个月没下雨,他们的剪刀利索很多。板凳腿缠满布条和绳子,活脱脱一个云游僧的破落样。可惜我还不识字,现在想来,即使我认得个把字,僧字也离我和小伙伴们很遥远。"从前有座庙,老和尚还不会说贫僧。"估计是这样,但三年后我们跑到秦老师家楼下,把马粪纸包好的头发,交给她侄子。她佝偻着背,咳个不停。她哥哥做父亲时,她还没出生。我们编个顺口溜,里面提到老侄子、比目鱼、癞痢头和漫天的黄沙。这些风马牛不相及的东西构成了那些恍惚的日子。

——抿铅笔头的人打报告,申请晚交两天作文。一篇关于赤目打败小白鞋,另一篇是每个错别字抄五遍。问题是,她儿子流鼻血,把我的作文撕成条,总算堵住了。

——那么拿小药丸的人是谁?怎么这么不像我?

叫一头热的也是秦老师。她曾获得全县编柳条比赛冠军。她喜欢跳高,有点费鞋。那几年,她一边改作文,一边纳鞋底。她侄子教她如何用针尖写字。天气奇热,我们还在等放映员。

清水河

户口本明明写着羊肉,他笑他达当初的文化。这是他人生的第一个错。

语焉不详是对的。犁地。翻出化作腐土的草绳。锅里的,碗里的,都是土里的。用指甲画重点。不像消失的那个点,在老汉的烟嘴里倒吸一口。我下地,去会会穿堂风。草包好的二斤不会高高在上,碾成粉。他们来时带着骨头。

小卖部在熬粥。还有什么可以磨碎?

确实是在喊你,虽说听着怪怪的。你达说了,图个方便就是图个吉利。但他自己叫啥?

歧义分析是关于主要问题无形,却太大,堵死在门口。也就是说,他腿脚不灵便,嗓子哑了,麻雀飞不过风沙。至于细节,掩盖在土霉素里。好不容易见到个郎中,动不动就说当归。你就当故事听吧。

他西服革履,这个倒是在照片里见过,可惜身子骨不硬朗,撑不起来。三钱二两的事,还不够一壶,看他那尿性!

这里务必打一个后天的补丁。先天不足,错误伴随我们终生。比如前世对后天。我用河面的雾气写了一封信,寄给对岸。露水湿了鞋面。论口音,我们都是逃荒来的。

第三辑 他把一杯曼哈顿倒进琴键

布鲁克林

注：正文是确保瞌睡的必要条件，但不是充分条件。读者可以忽略各种批注，尤其是没有拼写错误的。

天气：半吨阳光。纱窗下面，烟缸忍受不了有点脏的想法，又不好掐灭欲望，那些剩余价值。我们随便聊两句，然后进入正题——如何避免尴尬，即领带的学问，比如上面画着通心粉和小红脸蛋的番茄。

日记：昨天是犀牛的交货期。我没同意他们替我取消订单。关于笨重的定义，正好十个字母。

（他们后来在她没来得及处理的旧书中，发现许多漏洞，每一页都有字母消失。）

报童：今天晚饭时，杰克脸色不好。他说头疼，回阁楼睡觉了。母亲收拾盘子时，听见他没有碰的食物在嘀咕，说什么谁家的墙纸颜色难看，教堂的台阶上不应该放屠夫找给的零钱，最近一次鸽子大会通过的决议……母亲听入了神。第二天早上，她还站在那里，盯着五年来一直没关的电视。

补记：通过一次失败的尝试，他成功迈过自己脆弱的未来。

保定

> 因为，我是在描绘自己。
>
> ——蒙田

牌子终于竖起来，挡住了他的脸。可能，在我后悔之前，我就是想躲在那里，和他讨论肠胃问题。

他后来告诉我，如果看见别人的后背矮下去，他的嘴唇一定会发紫。"有一年冬天，我的眼睫毛冻伤了，他们给我找来一副马的眼罩。大雪纷飞，我抓紧竹竿，慢慢走在一群盲人后面。我没失明，只是眼睫毛暂时冻伤了。但我知道，他们是黑暗专家。我运气不好，偏偏赶上——"

蝴蝶结一样的胡子。剧场入口处，原来有一面落地镜子的地方，现在是一件艺术作品：曾经的镜子。我们大家排成两排，站在前面留影。他站在我们后面，也面朝镜子，踮起脚尖，高举相机。奇怪的是，我们在镜子里看不见相机。于是我们一点点下蹲，直到我们看不见镜子，也就是，看不见自己。

"你们消失的时候，我也该离场了。"街心公园还在整修。早上六点半，实习广播员准时出现，坐在栏杆上，大声朗读昨天的报纸。事情并不太迟，角色扮演像一个塑料袋，飘过头顶。

新蔡

有根绳子在你我之间荡悠，像忐忑的目光。我站在竹筐上，一个以前用来装永恒的沙子的竹筐。但此刻，你就是我的永恒，没有沙子的永恒。

"水是一个流动的概念，这个我明白，但有一天早晨，我们院子里吵吵嚷嚷，树叶发生摩擦，几头非洲草原的犀牛在用头轻轻叩响一楼人家的窗玻璃。他们不知给它们吃了什么神奇草，可以让它们制造混乱，又不造成毁灭性的破坏。"的确，拧开水龙头，概念开始流动。我用一根不能进口的针，逐字把上面的话刻在牙刷柄上：欧乐B、三笑、高露洁、狮王、黑人……我保存了足够多的旧牙刷。

自从夜空不再向上生长，鼻子里总是有一股泥腥味。

但此刻，华星路和开元大道的捕风者汇聚到我的鼻尖上。尼龙网脱销，电视购物节目里卖钩针的神婆吹出一个笑话般大小的泡泡，居然没有爆掉，而是把她从座位上拉起来，飘向天花板。观众原来只能看见后面的背景墙。现在，随着她飞升，房顶打开，空中水管舞动，在欢迎新的成员。

六铺炕

老虎机里有无数张贫穷的面孔。你告诉我时,我正在练习给橡皮娃理发。我买的发套有再生机制,说明书上说,发根底下的垫子用的是从荷兰莱顿大学进口的培基材料。

我有十五个橡皮娃。年纪最小的一个,也是我的第一个橡皮娃。理发前,我去文具店找罗老板,印证我不那么精准的记忆。他从来不看带文字的书。他说他看见文字会有生理反应,就像对花粉敏感的哮喘病人。但是,当他看见我拿着《橡皮》从门前走过,便上气不接下气地跑出来,追上我,然后背转过去,激动地说,他想买下我手中的书。那天,天色清淡,我的忧伤如一扎隔夜的生啤,而且我刚刚完成仿《橡皮》的写作。所以我接过他伸到背后的手中的小刀,替他把封面上的文字刮干净。我没收他的钱,只是保留了随时回去查对的权力。

我喜欢用铅笔把自己的遭遇记录在别人的书里,比如第一个橡皮娃如何趁我坐末班车打盹时悄悄钻进我的公文包。详细的描述应该是写在《橡皮》前二十页的某一页上。

金湖

"网络小说是一顶完美的尼龙帐篷,而概念接龙发生在洞穴时代晚期。"插图师对第一排听众中唯一空着的椅子挤了一下眼,转身走进乐池。昨天,他吃了两大盘苦瓜,入睡前还去临湖茶馆点了杯蒙顶甘露,详细观察并记录茶叶的沉浮。不到一个小时,他周围挤满了人,听他讲述自己的过去。他从乡下的高祖如何被开水一样滚烫的命运激起讲起。"虽然下泡法不对,但谁的开始不是一个错误呢?"

他的声音低沉,像嘴里含着一口水,但穿透力极强。茶馆老板不得不打开每一扇窗户,让不停跃出湖面的鱼群听得清楚。此时,灯光由近及远,渐渐熄灭,仿佛光亮在阻碍声音传播。

大概在他眼睛发亮,指着本子上一串图形,准备揭示第二泡中间哪些茶叶给他带来什么遭遇时,老板突然发现角落里坐着一个小孩,和讲话的神人穿一样的衣服,长相也一模一样。但小孩的脸上露出似笑非笑的表情。他在往空中抛撒茶叶。没人注意到他,没人看见他渐渐萎缩的身体。

肇庆（2）

"话锋一转，我们进入黄昏破坏所造就的码头。"

"你是指画风？"他是指活法。他滑稽的大脑袋里面装了不止一个瓜。倒置的葫芦。"前两次，剂量加大，用指甲盖那样的小勺蒯出粉末，兑无氧水。你绕着操场追那只白狐狸时，他们在实验室里写剧本。"封条之夜，雨直线下降。和泥如同从拉丁区回来，手总是不干净。

那是一座恒定的院落，菖蒲，剑麻，芭蕉，受气的月季，围墙排斥蔷薇，一个歪嘴的铁皮水壶——他掸去藤椅上的新气息。

我在进入这座城池前，没有剪刀。

可戒尺在哪里？假设初秋新款不必来自岭南，报虚之徒半道比较手里的姜汁饼。他减去所盼的分量，并非没有期待获得一副无名的肩膀。所以是鹈鹕，竹筏上的额外表演。

我在离开他埋伏的情绪时，一盘焯水的芥蓝。所以是嘱咐过的，如无法解冻的北方话。

蚊虫又来叮咛。他拦住赶集的文章哥，劝他歇脚。"我们都是一样的。山上或山下，脱水或补氧。"他给自己定制了三尺粉笔末。

息县

休息区最近闹兔灾,因为灰色情绪传染,我们店里很多衣架都空了。(我往后,撤掉几格,符号落水的声音,像实验音乐中不确定的物件。我想好了,但并不明确。一次又一次涂改,书生气降低,真实的文本比文件更接近淮河偷沙小分队。)

"我只是进来看看,印证一下预感。比如胳膊肘痒痒。他们说两条腿没有进化成翅膀的,会提前有反应。提前多久?七位数。"

从口气上,他捏了面团。手抄本流行过,然后又有返场的迹象。"父亲沉迷于一个花色,却讲不清楚。"他面带慈祥,替我补充一些不痛不痒的细节:五月的列车,运来滚烫的口号,蒲扇教授并不起眼,盯着胖子的脚跟。进步或回溯半个世纪,毛笔是蜡烛一样的情趣产品。

不成系列的主题:因为你可以用"真实"代替"虚假"一词,意思会完全一致。(苏菲·卡尔)

书面睡通铺的"泡菜",腌制的铁锈红。(你会如何判断我的下一句?如果返程如"夜雨滴空阶",我收起试探的脚步)你可以快点。

多特蒙德

可量化的傍晚。数独做到一半多,抬头,契诃夫二世果然在马路对面。主人今天换了一双鞋子,蹩脚的鞋油,味道刺鼻。西铁城提醒我,这是一个变化更多发生在表面的世界。克服慌乱的情绪,摸一下胳肢窝,哪一只手都行。笔帽上刻着假冒的日期。罗马数字,他们为什么用它编号?却不用它思考?

种子过期,如堆在他人眼里的天色。

大概是十年,游船故事的鞭梢,袖口磨旧。你说快看河面流逝的,尽是些缠夹不清的面孔。引言中,逗号过多,有时是滑向分号的意志。停顿。橡树。我自己画歪的线条,可逆性中的回归指数,或然……牌面上好多心。我出发前,那是围巾的一角。南美在下雨。整个南美。

你知道赫尔佐格吗?那么荒野里的灵魂呼呼呢?小克莉丝汀看过一部关于库页岛的动画片。我提起过下次的晚霞,用她给我的蜡笔……我还未完成什么?契诃夫二世?它走远了。岸本老板用毛巾擦去汗。淡红色的姜,等待那个动作的出现,直到他们替我找到下一句。

江都

大师什么也没留下。抽了太多二手烟,他讲事情很少犹豫。十年来,他们已经习惯了他筋络性的总结和离场。普普通通的一天,他随时抛下他们,去下一家加深印象。但有一次,他半途折返,说看见我舅舅在房顶上哭。我妈妈已经和弟弟失联二十三年。婆婆经常走丢,每次找到,口袋里总是装满别人家的旧照片。

大师祖上姓路。太和十一年,非常炎热的一天,当然也是普普通通的一天,村子里的人都在擦汗,替牛赶苍蝇。我们已经好久不敢下水了。那些抓小兽的无稽之谈,我们在等待一位北方来的僧人写进诗里。

如果按照齐物论的现代绘图版(肖老师家没收的课外书中,有我的《如何腌制咸鸭蛋》和大师的弟弟路向阳手绘的阴阳和谐图解,还有一批描在马粪纸上的人与万物。据说,里面有两张一模一样的画,"我们"和"他们"分别骑在一头英俊健美的猪背上),他们确实继承了衣钵,而且不分长幼男女。我们,也就是他们,分成四队,青红皂白,但年龄和性别随意。

姚家园

从梦里醒来后,他们一个月没吃韭菜、带须的萝卜和里面飞出浅褐色蛾子的米。

他们住在游乐场东头,二十世纪七十年代的老楼里。米黄色漆皮斑驳的窗台,楼道里孩子们的尖叫声,四楼姥姥的自言自语,她说,壶口瀑布结冰了;她说,她要去看谁家的饭煳了,可是摸不到灯绳……他们是三单元唯一没有牡丹花搪瓷脸盆的一家。他们用木头脸盆洗脸。

如果记忆没有欺骗我,我当时是在剪报里翻找一篇关于毛毛虫的科普文章。我听小鼻涕说,他们下过一次楼,一共七个,都穿着紧绷绷的绿衣服,走路轻飘飘的。而且那天风特别大,父亲把他关在家里,不让出门。他向我保证,他确实看见他们突然悬在半空,好像吊在一根绳子上。

七个。又是七个。

不记得又向前走了多少个七步,我来到一幅画前,拉开抽屉。这是一幅没有抽屉的风景,里面画了两个抽屉,一个藏在一片绿色后面,另一个被画刀刮掉了。但我一下子就找到了第二个。可是刚才……是的,有人在说话。

凤阳（2）

我来自一个充满各种忌讳的家庭。我三岁才开口。要是别人家，只要开口了，说什么长辈都开心。"滚"，就是财源滚滚，"尿"，就是"百鸟朝凤"，而"死"可以解读为"死去活来"，活过来了！

但我们家不一样。从第一天起，我的周围挂满了各种纸片，写着每位长辈忌讳的字。爹爹不能听"歪"，因为他两只脚的大拇指都长歪了，穿不上大哥穿过的鞋，命一直不好。我们家里人，宁可撒腿追一个人，也从不喊"喂"，让不远处的路人停下。喂歪不同，但我们嘴大，所以不敢背东西，因为会说成败东西。

有一年夏天，一头花皮猪中暑，糊里糊涂从蚌埠走到我大舅的西瓜田里。大舅妈眼神不好，一脚踹过去，没想到花皮猪皮厚，大舅妈反弹回来，砸碎了当年的瓜王。

当天晚上，他们来到我家，想了解犯了什么忌讳。月亮很大，我们在院子里蒙着眼睛抹黑走路。据说同治元年某月某日，曾高祖考证出嫦娥是因为常饿奔月的。他夜里读书时，发现砚台上停着一只红蜘蛛。

望京

系统也是一种风格，由八个字组成，按目前的简体，五十二笔画，正好分配到一年五十二周。当然，差两天，可以再从头开始。系统的好处是不怕重复，或者说，就是要不断重复。

从他忘事的那一周起，枕巾上绣的花瓣变成了蠕动的蜗牛。他盘腿面朝床头，一手高举花洒，一手打拍子。他忘记了那是个无线花洒，只要超过头顶，就会自动出水。水在快落到他头顶时，随着他另一只手上扬，突然调转方向，喷上去，然后再落下。所以他打拍子，就是不停划圈。医生的诊断结果是，间歇性平衡失忆，简称 SBA。只画斑马的老克拉说，他的老师是北半球画蝴蝶第一人，但 Z 画廊老板是国际缩略语协会（IAA）的积极倡导者，告诉老克拉，他曾经在医学缩略语文件中见过 SBA，但自己的理念是做减法，就没有特意去记它代表什么。老克拉是在后图形学国际研讨会上认识 Z 老板的。他当时坐在飞满蝴蝶的礼堂里，听他讲丰富的单调和单调的丰富如何相同又不同。

半坡

我在想一些说了很多又什么也没说的文字。在骨关节和"路上的落叶"之间,你很容易错过。

石灰。大块大块的云。你来借改锥,尺寸精确到小数点,袖子卷到第六层,还没到头。到底要撬动什么?压塌悬崖的页岩?有一个人,在天地荒芜时,心里只有海水的数学演算。

这家主人以前卖画片。他给每一位路人编了号:遍地英豪。蒺藜,羊屎蛋,雪碧绿的衬衫,从这里出去,左转是风,回头是风折断的栏杆。他们把金属的旧堆成小山,供哲学生剥开虚表。这些眉头紧锁住的娃,不明白性质是一种可救的病,救回来供在弁言中。

它们快临摹成功了。物体与物体,物体与你我,物体与衍生的线体虫……我在想徒劳的手和手里的石头。

在一辆卡车里,交换成语。那一年,他用皮筋去扎一卷皮筋,差点虚脱。

轮到切韵。你大小比画着,不想张口,不想吐出貌似百衲衣的话。我急忙舀了一碗凉水,倒进枯井。我们贴耳去听。一朵乱了云脚的花。

加莱

故事供应商陷入烂泥,腔体中吵架的两派,一个在凤凰树下,另一个领着可爱的驼羊质疑那些线条。

叶子,以及叶子的一杯早餐茶。我敲门。铁皮,他站在门口,像一棵树。

母亲发愁的时候会理解我。

发明伞的地方,地气稍逊。短促却坚硬的回收,每一次掀开,底下没有什么。"对话,如同滞留在流动之外的无可奈何。"我记得邮轮绕浩大的海面。我在除去汗渍,系毛巾的手腕进不了里屋。所以不可知之后,智齿的痛丰富。警察移动了语言边界。

专家告诉我,这里没人写过。不是每人。

水印,一个技术的屏蔽,且希望你。如果我摆脱时间的重力,如果我在成行时,问到明年会有槐花。这是不可理喻的冒险,一个词的另行。雪花淹没口吃,如果,又是如果。确实不可疑。"谁解决了决绝,如同风筝飞了。"可以。可以。怀疑自己的课本。

附记:红和绿两种颜色,沙发上坐满穿短裤的游客,等着歌手上场。先是沙锤声音,如漫长的遗忘。

武威

他从一堆石头里选了一把手枪。是的，它是其中最柔软的，说明他无勇无谋。我这么说，比"他从一堆石头里选了一个情人"更有功能上的合理性。但因为我们很久没有检讨分类法的神经学原理，就把我排除在外。那天好像下小雨，我在浴缸里，没有看见天上玩电焊枪的那位。核心问题是，这是一个恒温浴缸，水温保持在裹浴巾太热，赤身裸体又有点冷。我在里面走来走去，并没觉得厌倦。"他从一堆石头里选了一把手枪"，如果我继续来回走动，我们中就会有人去气象局旁边的林子蹲点，回收木头盒子。

你还没找到那根号吗？

一般性的早晨，难免争吵。我喜欢你快跑几步，去拉她的手。

切分音，热气腾腾的手势，心里装转换器的分隔。早期有一波没一波的训练，如同沙滩上的坑。但我们这里是内陆城市，房顶上的储水筒，通过分组，降低了下午返潮的风险。"他总是选错。"我们把我错开后，林子里出现了铜管乐队。我用手指蘸了蘸番茄酱，替他解释了你的选择。

多伦多（2）

我没吭声,他不停在说。他的络腮胡子有一股我不熟悉的墨水味道。前一个乘客昨晚蘑菇中毒,只是轻微中毒。他往嘴里喷过药水。

一件风衣在追赶我的真实身份。楼宇间,每当他们坐下时,影子在回缩。我必须释放它们的共时性,它们四周飘散的趋同性。什么?先停一下?颠簸打扰了你没说的话?可是我怕后面的自己超车。是的。你让他继续说,他每个形容词都重复十遍。

他把一杯曼哈顿倒进琴键——

我来介绍一下,约翰,泰德;泰德,约翰。我想你们应该见过。放乐谱的阁楼里,不对,我们已进入后乐谱阶段。嗨,我是彼得,我马上过来。再见,三页纸诗人!

我确实可以换一个城市,比如洛杉矶。修女们爬上棕榈树,短头发的那位,当然看不见,曾经是我的母亲。让我换一种方式提问。假如哈德逊河水从楼下流过,把我的思绪带入各种不专业的逻辑,我敢打赌,你在车上的沉默就不会显得臃肿,我是说显得我很臃肿。但没事了。他们同意不去多伦多了。

大连

我的邻居钱家养了只大鸟,名九霄。

我的烟雾是你的忧伤,也不对。他在查找佐证,已经进入最后阶段。"台词下行,有轨电车,坐在后排吹笛子的少年看见落日圆融地结束。"打叉。打岔。我们来到海边,不敢感喟。

月牙儿。银钩生锈,门上的漆被指甲了。礼拜天,表情肃穆,听播音员低沉的嗓音。荒天的风,渔火灭了。

他不碰海水。锁心里是撕扯的云。

我们在担心什么? 你的后治愈阶段可以坐两条板凳: 父亲没有出海,三月的风铃是一串酒杯,倒挂着,讲述归来。(此处,本体学的此,借一个温度计复活。太极里下身,下到左/右不顾,只一头。)

临沂小伙出门借笔杆子,遇见布老虎。窗棂消息,来年收成,提前约粮食的麻雀。邻居从门缝底下塞进纸条:"她替自己画了个防范的圈儿。立体主义先河,高粱地里的重新彩排。"我继续纠正原来正确的地方。桅杆之地,个别段落,分明没有听懂我在做什么。

应该解开绳子,像解开身世。用它在脸上弹出线条,牙膏的白。

丰宁

天气比你想象的还恶劣。刚下过雨,温度骤降,路面结冰,车子和行人只能原地不动。我必须不断抡胳膊,搓脸,但又不敢动作过大,以免带动下肢,站不稳滑倒。

"当你脑子飞速旋转时,身体会产生热量。"我知道不靠谱的父亲经常说一些貌似深奥的话,但我还是决定试试。我开始想那座荒野中正在建的帐篷,以及如何完成里面的展览《我们在这里要展览什么?》。

因为时间在眼睛里呈现的有倒置和重影,有时还有空白,我在给它们匹配词语时,难以分出哪些是出于我的鲁莽,哪些是因为我的过度谨慎;一扇虚构的天窗上,挤满了翅膀不停颤抖的蝗虫,摩擦出记忆模糊的声音。有人摇下车窗,伸出玉白的手。那是一支西域曲调。

但运材料的费用清单被第一个招募来的志愿者缝进了榆树叶。他喜欢做针线活儿。所有遗失的非线性想法,最终会从他的思虑中过滤,落进我铺在冰面下的防冻层。当初决定由观众自带展品时,他们把一捆很久没人读的报纸一张张打开。没想到油墨味还是那么清新。

邹城

昨晚,我没睡觉。我把睡觉这件事交给了我的睡觉老师,一个摆脱了所有烦恼的茧:轻,椭圆,毛茸茸的外壳,灰中带银。我以前还有一个老师,耳钉,负责教我交际。月色凄惶的后半夜,他牵着我的手,来到临海的岩石上。

基默德先生,一个博学的记者,递给他五本原著。《剪指甲指南》,作为它的作者,他在扉页上夹了几根睫毛。门口的全景商场还剩一个穹顶。石英,不是材料,是这个商场的幕后女英雄,上台发言时抱着虚拟的枕头。其实,我告诉过她的助手,那只游历过古代暹罗的豚鼠,事情在一个更底层的理解层面上,点火毫无意义。

但不少人编织了柳条上衣,穿梭于难解开的初夏情结中。"你看,我坐了一整天。石头冰凉,聊慰我心。"我没敢接茬儿。

克教授听不下去了。他是一个翻译产品,从基上升到克。不要误解,这里没有兼得。(福先生,包太太的花生,在一本你也想编纂的辞书中说,家里人,不存在!)有没有感叹号?应该没有。兼得,是中性的意思。

许昌

在他的假设中,我们这里的坡是波浪形的。不过没关系,反正我们平时全身摇摆着开车。

突然风向变了,原来趴在车顶上的长颈鹿泄了气,脖子快垂到路旁的深沟里。那里水是平的,倒映出忽高忽低的声音,引来鲤鱼、鲫鱼和一种假鱼。"我已经办好保全手续,在另外事宜中列了六十七种假鱼名称。那一栏本来最多可以填十种,如果笔尖细点,字写得小,而且密,像鱼鳞上反射的光点。我想到自己以后的可能性,想到天空经常漠然的表情,想到你不会反对我折叠未来……所以,他快到魏文路时,给动物园打了个电话。管理员今天休假,立交桥下,夜已经否认了他的假设。"

现在,铁皮桌子对面坐着织毛衣的马里人。他在织一件柏油色的开领衫。我喝了太多胶水,终于能分清楚他的手和毛线在哪里交织。我们现在给自己查询到的定位是一个貌似魏文路的地方。我还在用指甲刮一张彩票。马里人咧嘴笑了,露出一副麻将牌。"我才镶的。"水不知何时漫进了餐厅。我不能再多说什么了。

奥马哈

还没走进大厅,我就听到他的口哨声:压缩了孔雀、杜鹃和报喜鸟催情的鸣叫,又经过后期提纯。为了保证速度,我们小组最近在尝试加入某种气味,比如它们腋下在模拟温度恒定后裹紧的气味。

这样的写作来自几乎失败的回忆。一个没有弹簧的家庭,就像沙包受潮,激不起投掷的热情。

是的,帕沃斯先生定制了一个大号夹子,但忘记了订单号。就是那个翡翠绿的,上面写着"这是我的"。你看这张破损的收据,你看呀!上面本来是不写单据号的,他们劝我自由发挥一个。我选择了不自由,用普拉特河每天的平均流速,乘以二,再除以我的生日之和,得出小数点后七位数,所以我的困境不言而喻。

"他们没找到合适的帆板,现在只好把自己挂在树上。"我看见他走近了,切断电源,把夹子从我的鼻子上取下,顺手夹在兔子耳朵上。没错,就是当年博伊斯抱过的那只。他们在德法边境被盘问了三天,最后决定让你来中部体验一把。其实就是来看我表演。一次纯粹的赎回。颗粒饱满的模糊状态。

吴桥

事情过去得很蹊跷,就在我停下来,用手挡风点烟时。

我那时只关注风向,手背的弧度,但也只是一瞬间,把自己抽离到完成一个动作所需要的聚精会神上。我的心理医生说,如果我不停下来,事情照样会过去,而且更蹊跷。不过,你还是把事情讲完,我的录音笔不能容忍有头没尾的故事,虽然这是我自己的问题。

我们继续讲着,寒意从脚下升起。这是一种新的治疗方法,可以平衡医患的力量,达到一种相融共生。"我知道一切都无法结束,比如猫头鹰标题音乐——"

菜市场重新调整过,原来卖鱼的摊位,现在是一群我们,在表演符号还原,即把一瓶墨水淋在你的辫梢。速度是按鱼出水时喘息的节奏,你后仰,慢慢达到再现效果。看见了,另一群我们从经过抽象的幕布后面被喷吐出来,每一个肥皂泡都是特效的。

那一层薄冰碎裂,露出下面。树枝油漆过,灯泡里,钨丝的思绪难以稳定在你的持续渗漏上。渐变的黑,我无法控制。动作分解,符号输入,一片烟雾。他们在门口拦住我。

柳州

飞行是今天的主题。我们几个酒鬼分别端着依云、巴黎水、康师傅、娃哈哈（我比较中间，拿着一瓶装了自来水的怡宝）歪着头，盯住她的板书。她比较强势，穿着可乐制服。

你还准备参加吗？踏云的感觉，这么说吧，我们没开启模仿模式时，咖啡都是免费的，但茶水很贵。小豆豆，脸蛋很光溜，一路狂奔，但没有赤裸，在景色稍逊的村寨突然驻步，指着睡着的云说："叶子在上面。不信，我带你跳河。"

我有一件一半是铁一半是斑点的春秋衫，领口里面的标签印着：不适合柳江水洗。他们约了一个宇航史的读者，在古亭山脚洗袜子。她曾经做过不少实验，发现人永远需要袜子，这样或那样的。"我们的进化从穿鞋开始，可是，天气炎热，人类几乎忘了。"

一杯甘蔗水。

我们在翻新的马路上奔跑，他们用竹竿追赶。可惜，如果按身高的倍数计算成绩，我们终将淘汰自己。

又一杯甘蔗水，加了过期的朗姆。我给渤海人准备竹衣。他今天牙疼。月光越过稻田，越过你我的鸡毛蒜皮，直抵码头。

北兵马司

这出戏的第五个维度介于球体和气体之间,但绝对不是气球。譬如一种眼神一样的东西,或者声音反弹,在空中停留。我们给鞋垫充气,就是为了万一我们真的捕捉到它的信息,可以稍微做一些弹跳。(他删去了"悬浮",模糊,但恰恰是事情要发生的倾斜度。)

因为手冷,她捧着爆米花。

光线穿过针眼。床其实很宽,他必须坐在床沿,身子前倾;舞台地板承受不了更沉默的缝隙。

自行车链条,假设当初有一座飞蛾剧场,而夏天空寂,明亮,如鱼缸里的水草……他们把时间折算成不可赎回的错过,他的折叠椅——

在小卖部兑换了表情后,观众终于松弛下来。

整个二十年代,我们都会在构造它的中间层,为了自己可以删除自己。一些复旧的道具堆在黄昏的过道里,保管员用格式化的南瓜下了一锅粥。"啥年代了?嘴巴住在房子里?还是房子装在嘴里?"他胸前刮过痧,这个倒是少见。透过薄棉布,月光映出复刻的痕迹。

说到鸽子,她漏了一地。她还在调焦,火已经完成了它的蜂窝煤。

饶平

这些树枝的面孔,他想我认识。

一楼。他们在翻抽屉。拉开,拉到底,自己喘息的声音,在一些纸片下面。你尿急时,身体像溃退的海滩,口吃同时发生。"尝过草药的驴,煎熬。我在卡住。或者说,他们搬家后,完全无法适应自己的整洁。"你从窗户出去,上到二楼。移动的地毯上,坐着许多喝茶的小鸭子。再回到一楼,柜子倒扣在那里。

从集市日的车流,到他的愿望,肩章。邻居去喊 J 的爱人。这里,只有我是陌生人。

今晚五点,设计草图的云散,再次造成他口吃。建堤坝的队伍等着一个个拍照,但仍然按队伍的模式。一楼是有点潮。电视机里面,声音沙沙,好听。你要不要再试试看?嘴里含一个铁球吗?是的。这些面孔是他的遗传病。我并没这么想,却说了出来。我想是的。

后面跟着一排是的,可以收起来,像扑克牌,装进盒子。塑料布和土。他知道我不是故意讲不清楚。有鼻音,没鼻音。礼拜天,他们吃完午饭,不知道怎么打发自己。找办法耗干了海上的日子。

安吉

他并没有预料到那只青鸟会留下来,成为他怯懦的见证人。如果雨下得不大,它还会见证他的怯懦,像我洗完脸,坐在一面镜子面前。镜子是一个没有镜片的镜框,而时间大概是我听见一个竹筒里青蛙对话的紫青色时辰,裤腿也空着,不知为何无风摇摆起来。

我跑过放映。当然,我还编过故事。我脖子后面刺了一副对联,那是打赌输掉后,他们找来楹联学会的陈一刀。他用手心按住酒缸沿儿,开始转圈摩擦。他们后来告诉我,是满屋飘香的瓦罄声让我失去了知觉。我不可能相信他们。陈一刀的儿子南下打工,据说偷了某个厂长的记忆,他不得不放弃刀功,不碰利器,在山上闭门给儿子的厂长抄明版的《公羊传》。

讲到兴致高的时候,我差点脱稿。房顶上没有月光。在一般的叙事中间,不着一丝,就是没有挂念,像某个诗人笔下的猫爪子。但水波一样的字迹流过记忆的凹槽,滴落进一片空泛。你想想,他有多久没寄来木棉花的残骸了?我捻着手指,实在难以赶走脑子里的对白。谁会记得?

高粱桥

我虚构你时,你并没有反抗。不,反对。反面就是对面,看你怎么看,对也不对?

他说过一把漏雨的伞。他收起它,靠在墙角。以后还怎么带你出门?

小胡蘑菇出身。剃光头是一种,稀稀拉拉不梳不喷发胶就不好意思的一种。我出门总是带一个激光秤,藏在袖口里。具体原理非常专业,恕我无知,暂不奉告。但大学毕业那年,你先扔掉课本,然后分别了:恋人,电子表,缠着胶带的加热器,单只夹脚凉鞋,一刷到底的公式,我是想说,你出现在锯末年代,半夜起来偷听蚯蚓喘气。他耳朵不灵,分别是槐树皮和芝麻地。这话说得,我只好如数奉还。

我们是在去水边看倒影的途中。你突然拽错了袖子:"作为一个虚构,我有胡来的权力。"我的智利朋友提醒我,J发胡音。看着倒是不赖的自然卷。

可以确认的是,他开着雪佛莱从空气中驶过。他试着站在自己的立场上倒立。他说,我好像还是照片里的样子。我在冬天的树上劈叉,就是为了方便你背着手,出现在柳色鹅黄的河边。

七桥瓮

运砖头的车停在门外,每一块砖头里都有一朵云。我查过物业条款,业主义务和权利的倒数第二条第五款明确要求墙的厚度要有诗意。"你不是说要养仙鹤吗?目前能追溯到的故事场景,最接近你的血压水平的是砌一个堡垒,取代原来的方案。我昨天整理网线时,意识到一根透明的。"我爱人,因为职业素养,从来不说看见。我老师介绍她认识我之前,测试过不下十次我的心理承受强度。他用图片替代理念,装在一个多宝阁里:一张类似胯骨的照片,一个新马达的模型,一窝冬眠的蛇,满树的玉兰花……他用镊子夹好鱼虫一样的字母,小心翼翼投进鱼缸。整个过程中,他的余光一直在扫射我。

老师担任图考学委员会名誉主席之前,负责烧窑厂的芍药。我是浴缸推销员。"这些土本来可以养花,可以有腐烂的味道。"

他在种植我的未来,而我发现了雨点的作用。落满灰尘的邮箱,当你认真沉思它们时,事情的骨架支撑起我的新家,即雨点作为一个元思维女性的名字。老师说,可以做压缩包了。

淮海公园

一定会有人吃过猪肉但一辈子没见过猪跑,比如我。我的意思是,没亲眼见过猪跑。最近有人在抖音上直播赶猪,小外孙把手机放在肥皂架上,边洗碗边看。他说幸福就是快活,快活就是干活时不觉得时间飞逝。可是废水啊!对了,我好像还看过一部动画片,叫什么《养猪小英雄》,不过是画出来的,而那时候我已过而立之年。现在回想起来,不知是幸运还是不幸,我从未离开过这座城市。

如果你问我,这些有多少可信度,我会说,可信和可行是两回事。天冷了,我从樟木箱里找出那副毛线手套,上面竟然绣着我的名字。我是个不喜欢戴东西的人。我经常梦见自己两个胳膊戴满手表,在甲板上走来走去。船几乎不动,但从船尾的水花和盘旋追逐的海鸥,我知道我们在驶往某个地方。海鸥的尖叫声淹没了我的叫卖声,而甲板上散步的人,三三两两,也好像在飞。我从未坐过船,我床头柜的抽屉里一直放着一盒晕船药。几年前,我从济南路大拐弯到太仓路,脸色煞白,遇见小夏医生。他说我晕船。

厦门

我去厦门找老易。找人是一个借口,我其实是在找自己。

我的飞机晚点了。行李转盘上一直坐着一个小男孩,右鼻翼下有一颗发亮的痣。"你的内心有多黑暗,眼睛就多明亮。"我的室友小易,老易的堂弟,在床上突然哽咽了。他没有泪腺,只读死去的语言。因为他能安慰所有伤心的人,所以所有功课都有人帮忙。

保安被我说烦了,推进来一台哈苏。"我们领导喜欢摄影。他是实证哲学的拥趸。"保安没开口。他早上刮胡子时,嘴角被刀片弄伤,现在包着纱布。但我确实听见了他的声音,而且对他产生了敬意。"实证,市政,我怎么没想到?"小易曾经用两年时间,把堂兄四大本日记翻译成梵文。黑暗和明亮构成它们的主线。

等我入住凯宾斯基时,前台大吃一惊。"尚先生,你要退房吗?那几只白鹭的房钱也一起结吗?"是的,他们答应过我,如果无法证实我是错的,他们会为我举办一次认证会。小易隐居后,老易是唯一能说服我不显灵的人。小易说,他们家曾经住在一个巨大的海螺里。

禹州

"写下来的是一次性的,而普遍性意味着用黑板擦擦去。"他渴望成为一名业余老师,在夜里九点到十点,绕着门口的小池塘,培育水中若隐若现的倒影,包括他自己的。如果出差(我在一份口型矫正指导的会议纪要里,发现他的名字出现在"摄影助理"后面。按照当年情况推测,他应该是负责灯光的),他会在旅馆门口把折叠的锡箔纸铺开,点上一圈蜡烛,盘腿坐在地上。"我现在进入腹语模式。"他身旁摆着一排荧光字。"锡箔纸表面接收的影像很稀薄,最好用声音的最低温形态和它们交流。"

第二天早上,看见梨园大酒店房间的洗脸盆里,水在流失时打转,我并没感到意外。他的努力没有白费,虽然他自己的真实身份还在验证中。"如果我们假设他没有存在过,如果把两个同名同姓的人合并——"楼下有几名服务员扛着拖把,向路边的一辆大篷车走去。我不可能看错。

"在任何一个时间点上,大篷车必须在下一个时间点上。"你指着皮尺上模糊的刻度。你的指尖闪着水光。

莱芜

我们下到一片事情的底盘,两脚以蜻蜓点水的节奏蹦跳着。这是莱芜。这是莱芜车辆驶过的昏眩感。我后悔没带棒棒糖。

《费城来信》夹在生米里。范先生系好围裙,把 J 调到前头。"你是我扮演的另一个名字。"他听说过货架码放体系,但高粱地好藏人,这个他也是听说的。从两封没有来得及签署的文件内容判断,我知道这批信件巨大的边缘价值。比如第七封完全由元音构成的原始情欲,因为狼毫介入,他们骑着锅盖抵达。

秘密以断层的形式完成自己,而释放出来的是舞步。

"乌云已经移过边境线,鸟的国度。"于是,我们沿着淄河,去找开车时背书的司机。他在北文字村卖过葱,但没有人还记得他的面孔。你可以根据见面时的掌纹比对,也可以从一碗稀粥里舀出云影。你还可以在导师的指导下自学超导的能力,"栖神导气",但那是西游后 J 的第一站。我收到涂改液,留下快递包装,把它又寄了回去。这一次有点远,如果他们不废除原来的计划,同时开辟一条南下的路。

布拉格

不知何故,站在洞开的大门前,望着石狮,我还是想知道大院是否有一扇后门。这个想法在我脑海里像冲浪者,摔倒,消逝,马上又挺立在浪尖,主人声音洪亮的介绍却如同商场喇叭里在播放与我无关的寻人启事。

总是后背先痒。如果没人说过,我可以抄在鼹鼠皮记事本的胡说里。作为头条。

"但三月下旬四月上旬绝对最棒,开了春天的花,等等。"十二月中旬,他在利马给妻子写信。他思维的阁楼里是英格兰的发条。我没起晚,晚的是我睁开的眼睛。我扣上安全带,虽然他们说,在平地散步,系不系安全带是一个选项。我推着类似超市里的购物车,把电子手铐拴在把手上。等沙尘暴过去,我会用它做一个现成雕塑。我们县城的第一个现成雕塑。

你应该是看出了我心不在焉,在查理桥上,一边帮别人拍照,一边不停地讲着:"导游天天把我们两个搞混,吴先生,胡先生。他到底说的是吴还是胡?"我张大嘴,没有说话,因为我看见他的双肩背上贴着李小龙。另一个布鲁斯。

第戎

"您看看，觉得眼熟吗？"居林先生收起小费，端着一个木盒子又回到桌旁。盒子里面铺着锯末，六只触须微颤的蜗牛似乎有一丝惊恐，又好像对外界全然不觉。"您刚才享用的就是它们。我们有螺纹识别系统，给每一只蜗牛编了号。但不同的是，您吃的是它们一对一的现象。本质不灭，不是不死。它们活一天，就能生成无数个现象。我们有技术提炼这些现象，供客人们食用。味道不错吧？"我正准备起身回答，突然发现他的贝雷帽上停着一朵云。我离开桑斯时，它曾经是一头雪白飘逸的羊，卧在我的视野里。我刚才胃口极佳，和它不无关系。

事情要往前展开二十年，更多的人实现了意识自由。我每天入睡前，第一件事是清洗分离器。它可以用个人喜欢的材料做成各种形状，但无法隐形。客服人员送货上门时，夸了我半天。他们是可以呼唤也可以互换的罗森格兰兹和吉尔登斯吞。自报家门后，他们把名字留下来帮我安装分离器。我站在城堡上，目送他们的背影渐渐消失在挂毯一样的风景里。

图恩

> 一个人真正的生活经常是他没有过的生活。
>
> ——王尔德

时间是五十年以后。

设置完那个点,无论是在夏夜的穹顶,还是在某个自以为浩瀚的心理投射场域,我不去寻找,他自然会到来。所以我睡过了头。一切又得重来。

我给自己点了杯难喝的伏特加,感觉像是从桑拿房里端出来的。落地窗旁边坐着三个人。年轻的那位脸色苍白,头发金黄。他右手握着鱼竿。("他是我们请来的模特,是整个歌剧的灵魂人物。"马甲扣线快崩断的服务员贴着我,口气里有一股咖喱味。)我猜到了,中间那位是蛇的后人,坐姿柔软,一身曲折。他嘴宽鼻尖,不时吐一下舌头,但总是够不着眼前晃来晃去的玉钩。托尼在引用奥尔森时,把晾衣绳拉得很远:一个一百年后在啤酒屋打过工的患者,替我擦干净草垫子。"要知道他们还是会把你从真实的地方拽进来,我完全没有必要虚构。"

谁也不会在乐池里养鲨鱼。

临洮

影片放映前,三号厅起了雾。不是烟雾。白色的,带着淡淡的海腥味。没有观众惊叫。他等了足足五分钟,还是鸦雀无声。他似乎听见有人在使劲吸气。一片寂静中贪婪的呼吸,如同黑暗中鞋底蹭地的声音。

然后电影开始了,仿佛什么也没发生。

"你为什么要这样说我?你没有吗?"(这个演员来过我们这里,叫什么来着?)窗外是人工沙滩,几个工人正在打磨一个石头寿桃。我侧脸看了一下邻座两位穿白大褂的医生。他们还戴着听诊器,和银幕上的一模一样。刚才好像不是他们,或者他们没穿白大褂。(是谁在背诵小说里的古文:"汝是何人,从何而得"?)

他们离开角色后怎么生活?A)带鱼一样的待遇;B)学习一种手艺,比如削土豆皮不吐葡萄皮;C)我住在他们定义的褶皱里。我签了字,但条款的繁复和深奥耗尽了我的耐心。我能理解皮肤的褶皱,意识的后天性中所包含的自然层次感,这个可能有那么一点点拗口,直到有一天,我坐在河边,河面上的光如此晃眼,我差点吐了——

第四辑 他去磨冰刀,我说还早

曼彻斯特

在一部未来的小说里，我是一只猫，唯一会生气的生命。这并不是说其他生命不会表现生气，但需要先购买一种特殊气囊。平克顿爵士在他非凡的论著《药物新伦理》中，专门裁掉一章，展现技术的代沟。我的前任梳头师说，她申请过气囊租赁业务，但体重未达标。其实，是他们发现她指甲产生大量静电，干扰了即兴治疗。我想你应该明白我在说什么。

还有，作为伸懒腰非遗的传人，我必须承认，在我正式进入角色前，我并不知道以后的小说都是桶形结构。爵士摘下帽子，比画着，演示何为桶形：

广口，开放型开始，有边没沿儿。口子是决出来的，不是掘出来的。不是有桶的地方一定有铁锨，但它最初的用处牵扯到水、堤坝以及暗流涌动。

我们日益憔悴后，对何处着手愈发关切。说白了，就是再也抱不动它。桶的把手，首先是在边上任取一点，然后就有了对面的另一点。外沿，边缘性，对称——要巧妙地突出两点：极其容易，又至关重要。

在这样一个老工业城市，我过于伤感。

岐阜

我是在另一种焦躁中回顾昨天上午的。一张透明的名片,在灯光下把名字印在我的掌心。我刚睡醒,还不敢拉开窗帘,照见灵魂。他从米铺回来,穿过父亲的阴影,坐到我面前。"不要开灯!"但你说晚了!如果当初你把它写在名片上,或写在我的血液里。

但谁愿意醒来呢?事隔六年,我想起炎热的天气,苍蝇——今年我接到一张大单,去复活浩二先生的儿子。

(我有不可治愈的拖延症,凝视着灰尘颗粒一粒粒落进茶汤。)

又过了五十年,他的继承人在国外,大概是在锡耶纳,某次修复学研习班上,遇见了困在画像里的人物。他们两个像彼此的外质,又像互译的文本。班上还有一对双胞胎姐妹,分别叫玛蒂娜和吉亚娜。"有一个是假的?你们猜是哪一个?"

傍晚,广场上人很多。夜色像一匹飞马降临。我收到继承人发来的短信。"你说的没错,她们叫另外两个名字,而你祖父的额头非常平滑。"他挤过人群,左手腕上系着橙色丝带。我小心翼翼取下十一月的肖像。我是指那篇小说。

香河

"以我的血液黏稠度,迷路并不难,但竟然耗尽了我的整个青春。"

一部电视剧的旁白,不是王志文,也不是什么烟嗓子,我继续换台。"进入旱季后,他的牙龈经常出血。"广告时间,我想到他改稿时删去的句子。我们两个的分工是这样的:我负责创意,提供故事梗概。大部分时间,我买一份晚报,在里面寻找灵感,一种日常却富有诗意的挫败。我是指目的和事情本身。(他注意到楼下新开了一家"二手"店,出售名人手印。)我越是沮丧,越想坐在水边,等他出现。

我有点早衰,"水波一样的皱纹荡漾在心头"。×××××××××××,"头"留了下来。起风了,不早不晚,他从浅灰色的水面游过来。"我是在裸泳,你能帮我去买条内裤吗?林子是回不去了。他们在那里野餐。我知道你也喜欢毕赣。非典那年,我一直在听朗诵腔的歌曲。"我肩膀发冷。有谁打了个喷嚏?

从潮白新河到自在城,可以有若干种不抵达的方式。我们在界定方式的范畴之前,尚需申请"若干"一词的使用许可。

潮州

我当时就是一激动。你知道,激动是最难劝服的。你斗过鸡吗?电影上看过?什么是电影?我读过《形影神》,但因为三段论,我最近戒酒了。

"我们不完美,但在外面很文明。来了个钓鱼的,无名之徒。哈哈,战友从武鸣寄来问候,用当地武装部的信笺,红字抬头。他过去睡在水里,你无法相信,但我了解他。他总是穿着毛巾被入睡,方便他的元神溜走。在那些闪电不断的年代,买不到毛巾被,他去河里拔水草,一头野猪同情他,替他看守着月色凄凄的小道。"

我有时问自己。(谁唱的?我好像知道。)

我还是要问。他们给我砌了砚台一样的灶台,面朝星斗。一层层递减,下沉还是上升?方位只是角度问题。出题的文曲星,想用一个玳瑁挖耳勺换我的铁头盔。"我们那里没有神,不是你们想象的那样。"她先摘下助听器,然后给我看耳轮后面的伤疤。"你要小心,这里出汗多。多吃菠菜。多吃菠菜。"

一阵抽搐。他坐起来,拜了拜席子。拜着拜着,他笑了。"你真可笑,你以为我不知道?"

大理

大理石与她无关。电吉他里,蛾子飞舞。但这是一种幻觉,不完全由耳鸣引起。

我拨一个虚拟号,挂掉。再拨,再挂掉。一遍遍,直到它成为真实的。

"帕蒂来过。懒散的芭蕾式,腾挪式,理念再生式,石头完全分解式——吃茶花,小瓜,猪油,云的跷跷板,胖娃娃瘦了。"

结构滋生废话,废话反哺空洞的自信。一支去到韶关。

我在拆一根借来的线。像老城的神经,经过正式半正式非正式的歌弦,驻军纷纷撤到耳朵边缘。耳朵是夯土所筑,而指挥官一骑红尘。翻过这座山是另一座山,如同我在旁边的旁边,等于(不等于"你是"的"是")你是旁边的旁边。

好吧,在一个养宠物的日子里,她忙着访谈,脚尖下缺一只滚毛线球的猫。

戒烟。令人不慌。制定。拖拉机坏在鸟拉屎的地方,他一路跑上山,也没闪过把它们打通的念头:戒烟令人不慌制定。我们这里有神,有仙;再不济有巫。一张大桌摆不下各路,各泡各的酽茶,滚烫的,浇在她的成长史上。

他吃力地把它写进诗里。我属于自己的居间性。

科茨沃尔德

我没觉得有什么不对。事件的包装完好无损,黄昏时段的牛皮纸上面印着一串数字,不像日期,也不像电话号码。"要了解我,你需要在《第二章》里寻找答案。"他空着手进门,拿起板凳上的键盘,抖落几下。大部分的键松动了,发出失眠时才有的声音,但没有一个脱落。他抱着它坐下,开始重复上面那句话。"《第一章》写完了?"他看见我在对着一个空塑料袋吹气,便换了个话题。

《第一章》和《第二章》是两部没有关系的小说,后者是一个叫卡普的人物撰写的,他出现在劳伦斯·斯特恩的同时代读者劳伦斯·斯特恩的日记里。为了进入《项狄传》,后者杜撰了自己的另一个身份,约克郡以替人清理烟囱为乐的乡绅。他后来改名为保罗·史密斯,是为了保持低调,与后来的时装设计师同名。

要等到协议签署完毕,他才坐火车从乡下来到伦敦。他坐着双层巴士,观察街上忧郁的气氛。发生了这么多事情,我站在石楠烟斗的橱窗前,喃喃自语。我从文件袋里掏出肥皂。

藁城

在一艘舢板船上,我听到水流带走我的语言。我每天在流失中获得语言的虚壳,影子压低枝叶。有人在岸上打开一只只蜂箱。这不是一条无名河。河水浑浊,而我睡意昏昏。可能是因为断药,唐大夫说。

我是他女儿的同事,J 的助手。J 暗恋唐丸儿很多年。昨天在天井抽烟,他有气无力地搭着我的肩:"听说最动听的恋语是失语,你能不能告诉我你是怎么做到的?"领导,你能不能快嘬一口?这烟不便宜。

唐医生有两个女儿,小的是我的精神导师。她是她姐姐的动画版,线条更流畅。所谓线条流畅,不过是不止胖一点的委婉说法。我必须承认,她不是一般有耐心,可以不停地劝导我。我要感谢她,没有她,我不会失语,并从失语中获得力量。

但从唐医生的角度看,事情不是这样的。他是 J 的邻居,出门行医多年。临走前,他给 J 一串钥匙:"如果你摸着棘手,还能张口说话,记住!千万记住!"他话没说完,就听见我在楼下喊他。他知道艄公不好找,滹沱河濒临断流。

萨莫拉

参观了六七座教堂后,导游问我们有没有兴趣顺便游览一下地狱。不用担心,那里没有什么惊悚的景象。说这话时,他已经将小胡子一样的话筒和假头套一起摘下。他的头顶上有几个围棋大小的白点点。"我执白。那是很久以前,我去东方旅行,在邮轮上得了一场大病。医生说,是因为我长期反方向睡觉造成的,没有什么特效药。他从抽屉里取出一盒白色扁平的小石子,告诉我它们是一种叫围棋的棋子。还有一盒黑的,他在上船前已寄给我父母,由他们在梦中轮流保管。我按照医嘱,上床前将那盒白子压在枕头下面。我当时已经病得恍惚,根本没去细想,医生何为没让我将枕头换到床尾。我甚至不记得他是否问过我床头朝哪里。"

我们跟着他进入一座荒废的大楼。"先迈左脚。左撇子的客人一时改不过来也没关系。不管您迈哪只脚,嘴里只要念叨左脚右脚,不断重复,楼就不会塌。"我们在里面转了半个多小时,什么也没记住。"左脚右脚。"我们嘴里念叨着,离开了西班牙。

什刹海

当时,我在路边辨认一辆共享单车的颜色。笑话委员会通过脚印找到我。阳光和阴影构成我出走的原始动因,可是后来我后背痒痒,街上空空荡荡。

"你认识这把扇子丢失的玉坠吗?"切!你以为我眼花了?你去后海打听一下,看哪家酒吧没敲破过鼓?!

多数时间,我捡羊毛的毛病:拖拖拉拉,又不够细致。他去磨冰刀,我说还早。

照理,夏天在我的鼓捣下会多出几天。人们穿着短袖,胳膊上挎着外套,像从海报上走下来,坐在我对面。"那可是一排啊!怎么坐得下?"我想人多是后来的事,就像车多。他从班加罗尔出差回来,改行画漫画。我们成立笑话委员会就是要和他划清界限。他有车,我们有人。

但你知道他怎么回应?星期天一大早,他领着山羊,来到假山前,看我晒草书。真的是草书。我收购了许多一掌宽的叶片,用夫人用秃的眉笔,在上面写灯谜,然后十枚一册,用麻线缝在一起。会长昨天找我谈话,批评我晒草书。"一件挺好玩儿的事,给你搞得这么严肃!"这是他的原话。

北固山

我走过去,它不在那里。它在那里,我没走过去。这不是绕口令。它是一个瞬间的两种可能性。注意:第三个它不是第一第二个它,而第一第二个它,仅仅在语言上分开。实际上,我根本没有作为实体出现,如果我在一枚无花果里看见花,意味着它夹在无和果之间。

让我们来尝试第一个实验。一个胳肢窝夹一个乒乓球,品钦牌的(当然是故作高深的伪物理学家用马克笔写在上面的。笔粗,手上又有汗,字迹像失恋一样不堪),另一个胳肢窝夹一个虚拟的球,同样大小。注意力开始从皮肤的感觉转移到一个意念上:夹紧,又不是也不能真的夹紧。有没有感觉到那个虚拟的球在变大?

"你听,锁孔里有吵架的声音。"你贴着岩石,左耳耳轮上粘着蛛丝,仿佛是长出来的;一层微亮的光,如果你收集起来,替换字面上的锈迹,尽管它们在某些时刻,比玻璃上的反光更接近沉默的反弹力。

北固山不高,郊游很失败。没有扑克牌的我们傻傻地望着江面。有人拿出塑料喇叭,胡乱吹着。

巴尔的摩

艺术能带来什么?

在抢答时间里,你直接喊叫:带来霍珀,许多人表达那个孤独的形式感。你不是选手,眼睁睁看着复合地板上泪珠被人抬出去。他以前没见过担架,作为他的代理人,你也只是在文献中读到过。

剧情很快发生逆转。他们,连同那条患有慢性鼻炎的警犬,在意识表层下面,离潜意识还有针尖的距离,嗅到旅馆房间的梦呓。"女士是裹着星条旗进来的,她的眉梢上长着痦子。哪一边?左边。不!右边。不!两边各有一颗。我向上帝保证,我当时不敢看她袜子上的图案,只能两眼朝上。对了,她个子不矮。"

建筑事务所的图纸,假牙兑换券,几根发霉的雪茄……一个日本人拎着皮箱,坐在有时间的台阶上。"你看,这里不会下雨。下雨的地方多数缺乏爱,而时间是爱的本体。"他把那些乌鸦照片铺在地上,路过的人不好意思打扰来回观看的鸽子,伸着脖子远远观望。天暗下来,照片里的乌鸦愈发精神。海风中,一棵修剪成棉帽形状的树在摇头。里面未必藏着失窃的信。

波吉邦西

推开窗户,可能是春天,也可能是挡住季节的团团乌云。"让我问一下咖啡,你几点睡的?"我吗?在肯尼亚,我在树上。也可能是在埃塞俄比亚(我听他们说什么阿比西尼亚,那些用格拉巴漱口的老家伙)。但在他们手里,在麻袋里,我成为他们嘴里的殊相。我觉得相片是一个好词,但不适合我们。作为殊相,作为殊相,作为第三遍重复,我早已失去了个性。

他碰巧路过一条土路。"土拨鼠,快看!"

在事情的中部,推开挂着铃铛的窗户。六公里,向南。现在你还能看见四月的云在夜空中浮游。"句子裂开,并不是人的意志。"

你们怎么回到自己的生活?萨义德问。那完全是一个封闭的过程。我忘我,在时间的坡度上,今天是一个自我满足的音符。北方的大提琴。

音乐只存在于童年。像几何里的面条,或面条里的几何学。

一个背影隐去。他来做讲座,市长带着斑点狗出席,证明读过他的小说。"可以再浓点,如果你接受的话。"我忘了是在酒里兑咖啡?还是咖啡里兑什么?

西直门

好久没有刘大豁子的消息了。我和他是小学同学,而且是一起留级的同学。他叫刘打虎,出生那天,他爸在参加汇报演出,唱他拿手的《打虎上山》。

刘打虎总流哈喇子,又喜欢夸夸其谈,一来二去,大家就管他叫刘大豁子。小学毕业后,我们家搬到石景山,就断了联系。突然想到他,是因为我在地铁里看见一个小孩长得甭提多像他了。晚饭时和老婆聊起,她说刘大豁子失忆了。她忘了告诉我,因为她忘了是谁告诉她的。

要不是说到他失忆,我也忘了他曾经告诉过我,他们家门口的槐树下以前有一口井,月圆之夜,偷偷下到井里洗澡的人不会走弯路。什么叫不会走弯路?不会犯错?还是只会走直线?他被我问烦了,流了更多哈喇子:"我怎么知道?我又没下去过。再说了,现在给埋了。"

我决定这个周末去树下挖挖看。一个失忆的人是不会瞎讲的,我听街心公园的剃头师傅说过。他还说过,如果是一口泉井,即使挖不到,也一定会挖到一枚珍稀的古币,它的正面是欲望,背面是遗忘。

卡达克斯

眼看光线就要淹没岩石的轮廓，那个人还坐在那里，被一圈藤壶围着。我要让主动变被动，然后一动不动。他许久不说话了，我在猜他不会说什么。我曾经在炎热的南方学习观念，即闭上眼睛，直到我看见那个念头的每一个截面。师傅不会中途纠正我。混沌如一碗馄饨，放了一晚，还可以再放一晚。我开始怀疑他，他说他也是从怀疑自己开始相信自己是对的。

确实，那个人也可以做我的观光师傅。阅读指南里提到过，在厚厚的索引部分，"光"是一个轻盈的物体。

现在你要去一家天蓝色的小店，店主走路不出声。她养了两条吃火焰的金鱼。"我现在用引号和你说话，说明光明是透明的。"不要搭理他，她应该是注意到了，我们并不专心看手链和戒指，对金鱼的关注只是出于礼貌。她走到门外，朝相反方向看去。沙滩上，一条小狗在追逐月光，因为胖主人穿了件质地光滑的泳衣，非常怀旧。我咬了一下指甲，把话咽了下去。如果允许我们说点什么，如果他夜里裸泳——

河曲

我不知道该如何描述他的结局,飞蛾在灯罩上的粉尘。从监视器上看扮演你的演员?他以委屈和歉疚的倾斜度瞬间进戏,光晕恰恰好,比你还像!

换一种写法。

他是不是不信任自己?你抓住他惊恐的神情。梨花,整个盛开周期。挽救点燃一盏灯,你刷牙没用牙刷。一场讲演,杜先生开始咳嗽,翻译赶紧寻找稿子里的咳嗽声。我去到河曲,外调小组最后连牙签都数了。他们没见过。叫魂的把戏?(什么?巴西?穿过长廊,步履不理白朴。谁还见过捡芝麻的落魄?)

榫头。他早年离家。

还是回到语气上。爆发。反驳。不服!AB−BA−AB,阿巴伯说:"你这个问题问得有点问题。"他连南瓜子也没数清多少颗,就当了解说员,被他们评为一流。

早上,他在研究契丹人发式。有人从门缝里塞进一本小册子。吉姆,雨太大了,实在无法表达。牧师在风中身子倾斜。

重新走台。混合基因的岔路,模拟亚历山大图书馆。一次次剔牙,他趴在没有玻璃板的桌面上。父亲说,我不是你的结局。

格拉斯哥

在一封不存在的信里,他详细记录了想看见的场景:镶嵌着玫瑰的烟斗,河流以未命名的转弯流淌进他的歌声,当他唱劈了。那是如果。为什么不可以是如果?

他们在表演卡通里的包裹运输。耳朵一只长另一只卷的色彩渐变兔子取得了喝茶的专利,我们捎带着递上一盘黑。"请问,明信片里的邮递员何时到?不用书面语,未必乡土。"晚霞前二十分钟,格子图案的跳棋帽,我数了,七顶,等着加班的人群嚷嚷着要去喝一杯。我把手里活儿埋在水底,以期把路蹚宽,航标灯进入视野。阿拉伯皮带,克莱德河流过特易购,买狗粮的与买猫粮的撞了个满怀。

首批兽皮在箱底沉睡。在你不打算回信的日子里,游荡觉得口型还可以缩小,如隐形眼镜以外的不可见。"斜坡以批次见长,以纯音符应付思绪——徜徉吗?"写到无法收尾的地方,可以加入曲率概念,一个与蟋蟀有一拼的术语。

我在伦敦有一个货柜,专门装整个剧团的忏悔,以我的为主。皮革封面的账本尽可能是数字。

西坝河

事后,他们各点了《一支烟》,不同人唱的。然后说起房租、下午透气的雨和小丑鼻子的颜色。你不想使劲捏它一下吗?像掐自己不争气的孩子?干脆钓鱼去。陡峭的岸上,一群鸭子在回家,没时间讨论严肃的话题。

真实有点奇怪,偶尔过来推你一下,当你不想说话时。播音员带着浓厚的鼻腔音,在敲玻璃。这是一个临时玻璃房,用指定的二手材料虚拟搭建,但功能神奇,比如不沾水,依旧能反映雨点里的色差。或者,你不去想它,就不会撞头。一种自动开合机制,冷不丁冒出来,拦截住无视它的存在又念念不忘的人。

记得天快黑透了,空气中没有东西,却存在着一种失重的感觉。不是我的。是一种异己的无形之物,一层薄薄的战栗,弥散在一公里长两公里宽的半空中。车辆正常涌动,有一些忘了开灯,仿佛与路上的行人隔着一个世界。我们走着,我们知道有事情在发生,像看见一头小马驹从桥上走过。奇怪的是,车里的人没一个看见。"只有进到里面,你才能摸到玻璃。"他们说。

来广营

他把自己干干净净放在桌子上,关灯,锁门,下楼,消失在另一场梦中。桌子收拾过了。茶具清洗擦干,装回盒子。他用一块原来包印泥盒的布包好木鱼,锁进抽屉。现在,每天注视他的只有照片里那头长颈鹿。"与物嬉游",那一天,他路过何妨酒吧,看见几个工人在门口安装它,想到这句话。石膏像栩栩如生,虽然看上去有点廉价。他想到自己有很多年没去动物园了。对了,上一次是过生日,我推了推快睡着的小沙弥。尽管我想起来了,我还是无法相信。找到的片刻莫非是一种幻觉?我手腕发酸,端不稳那个铅盘,我刚才听错了,听成了浅盘。

"这个要看你怎么说。横说呢,是自我表述。你上次跟我摘菜,坚持要戴手套,后来大家嘴里总是有卫生球的味道。但如果你交叉着,把属于自己的东西先西北方向,然后铺上东南风,我早课时,因为走神儿,没听全。"他真是太困了,话说得有点多。我们结伴去旧家具店观光,因为带足了干粮,在里面逗留了半个多月。今天又是一个星期天。

巴中

风递来一张自我推介的名片,印在薄如春气的纸上。"师傅,该您了。"童子坐在一条松枝上观棋,掰着玉米喂五只松鼠:我从未见过这么有礼貌的食客。其实我们才是食客。

一根枯枝架在铁锅上。落伍的人路过时,勾起往事,不管身上有什么值钱的,都扔进锅里。与我对弈的熊闹肚子,不停跑河边。"你替我下吧!他知道师傅棋品如何。"他是指童子。玉米早晚会掰完,但他不急。他看着熊的背影,摇摇头:"本来就是一个人的事。"

现在关于风、童子、松鼠、玉米和熊,枯枝不愿承认。它以前被风后拿在手里,别提多难受了。人到了一定年龄,莫名其妙地容易着凉,然后反反复复唠叨熊、手指、尾巴以及我们的自以为是。真的没听到枪声?

隐居作为一种修辞手段,避开羞耻,但无法进一步清扫河边空地。我捡一块不太老气的石头坐下,开始想因纽特人。他们会织席子吗?他们会装牙疼吗?还有——老师在对岸喊我的名字,喊得有气无力。

背着生肉的黄昏去哪里过夜?用芭蕉叶包好。

太阳宫

我们隔壁住着一位邻居。他也这么想,这难以避免。手套下垂。凡是搭在边上的,或挂在线上的。它们不说明我们。

桌子腿拖地的声音。开窗,放声音出去。城铁像一根浮动的铅笔。

我在吃力地叠衣服。身边光线凌乱,一群小孩子准备下水。从叙事的准备里,他摸到昨天夜里的失眠。苹果园来人,肩膀上没搭外衣,难怪我闻到锅烧干的味道。"我们在玩打手游戏,抽离的刹那,假装掌心裹着绵厚的力,运控自如,其实没那么容易。"想法牵扯太多,我去问他们借涂改液。他知道这是个借口。

换成你。

换成不出站的一天。一些因疲倦而兴奋的面孔,一些抱着虚怀,像抱着别人的包袱。有好多年没听你讲他绊倒自己的段子,来,趁刚才有人坐过,台阶上还有被撵走的痕迹。

"弹性空间,它说的是我们排成麻花队形。"这就要扯到一张不方正的纸,也没放正。

要是他最近没回来。背着驼峰的你不用等谁的视线,直接接过卤水。这里面人物多于故事,而故事,放下手中的橡皮泥,可能完全多余。

尼斯

那个年代,我们滑旱冰。大螺,中螺,再一层,只是亲近,没有神圣。

孩子的不及格作业:一天吃一顿饭,二十七道菜。出门系围裙。"我来到北平,那些脸色实在太菜了。他们说,四万首,是营养催的。他后来作秀,儿子差点气死。这些我不记录在案。我是发明家。一只公鸡叫来同事,手里各握着一个鹌鹑蛋。他说,我们达成一致,不能再退化了。我的节目单上,蹦蹦跳跳。""你确定吗?"他有杀手锏,把它砸下去。真是一出好戏,坏人是催泪弹,以及所有金发披肩的英国大道。

我可能是晕了,把藤条桌子搬到海边。云烫了头,在远洋轮上方滚动。床单下压着鬼。"茴香可治癔症,家家排队。除了发病,我们没事可做。"

咖啡端上来,不是非洲问题,尽管我一辈子在那里处理他们虚浮的证件。你去说?但有没有焦虑?

广场上,帝国独舞。夏多勃里昂的后代执行文字条款,但肾虚的部分坚持不了太久。

"你如何打圈?"卖花的小贩笑了。我们,基本上只有我,坠入无尽的荒原。

呼兰

我们的博物馆建在蛋壳上,一个本体论问题的神经末端。亚麻布时辰,有时早点,有时他们饿着画消退的日光。怎么可能?他们不了解两者并行的悖论吗?比如我说:

我已经好几年不观井了。当然,我们家族住在四面墙种满夹竹桃的院子里,读报的结果是这样的:

这无疑是毫无意义的大事件。记者们赶来,有的骑电驴,有的骑用自己的照片叠的飞机。粉红色的气流,由于失血,飘过桑树线时,有不明了的下落趋势。敲背就能出声的话,事情应该反过来,按以下的步骤:

1) 清与白是两种成分,一个大漩涡转晕我们的目的是不让我们坠落,清醒的直堕,半清醒的头疼。

2) 以上是一篇序的结语。我们像拖着一个铁矛的锈迹,开辟出泥泞。

3) 我被罚款的原因是没有第一条,直接去纠结本来可以和平的夜,如雉堞。他们纷纷接过递过来的圆珠笔,用笔尖磨了磨牙,再哈一大口气。"小心闪着下颚,没腰的东西!"我已经好几年不抿嘴了,能记上一笔吗?这座城市需要一篇序言,写给那些放哨的鸽子。

甘家口

凑在一起本来是要展示我们改衣服的成就,没有自我歧视的意图。但事情说不准。他去车公庄膜拜,在一块石碑面前冥想。冥想是一种空对空的游戏。他其实是隔着饭店的窗玻璃、几条大街、围墙和冬夜的沉寂,再隔着生死、故纸堆和不可解的赞誉,从草料、讽喻和摆拍的照片那里,获得了一件大氅。"我给您沏了高沫,就等他开唱。"

翻遍里子,铸成大错。移花接木卡在某个环节。他叫来徒弟,一个扎小辫子的卡通人物。我们硬是靠膝盖的弯曲度,学会了纽袢。弟弟更绝,预言了正反两面穿的时代。现在就缺一次实证拍卖,把我们多余的精力引到拍卖师的油光满面上。

但大堂的一位伙计早已察觉到前后到来的闲逛人员。他不好意思不笑,又怕辜负了自己的优越感,于是憋着,假装在对对讲机讲话。

往大里说就是一场改变传统的预演式招募。我设计了海报,把土耳其人的灯笼裤从画面中卡掉。"谁说俺们拿不起一根绣花针?"三爷唱到这里,呛了一口。他没法不看见弟弟缠头上养的蝈蝈。

保定道

出摊时,我一慌,忘了带腮红。有一种鱼,客人说,我用腮红画的唇,最接近它出水时的感觉。"老师,感觉这东西太不靠谱了。我奶奶活着的时候,总是喝水上头,感觉是喝了王府的老酒。我妈不敢讲,我那讨厌的小姨就拽住她的袖子,不停问,孩儿他奶奶,咱进过王府吗?"一顿海鲜下肚,家庭气氛格外和睦。但我画的全部是淡水鱼。

在上面的关系中,说话的是一位路过的,戴遮阳帽,蛤蟆镜,左边嘴角上长着黑豆大小的痣,天晴时留一根灰白的长须,有一拃长,但阴雨天,他剪掉,说话撇着嘴。他问我是否看过《决裂》:"内容是啥不重要,关键是道理。"他从厚呢子大衣的里兜里掏出浅黄色的铁皮烟盒,清了清嗓子。"你看,事情不是这样的。但我们也没熬过糨糊,却很江湖。"

在一个优雅的场合,她嗓子沙哑,服务生端来凉茶,配着煎饼果子。"我买过几辆大发,就是他烟盒的颜色,专门做黄家人的生意。"我没等声音落地,赶紧用唱片接上。三十三转,能放《鳟鱼》吗?

斯波莱托

正好没人烧水,我被派去浇花。他们发给我一堆铝管,粗细不均匀,但因为是崭新的,根本无法分辨。管子还编了号,用花体罗马数字刻在一头。罗马的归罗马,玫瑰的归玫瑰。毕业那年,我们专门补了一堂拉丁文课,现在完全不记得是哪位老师上的课,只记得乔伊打扮成尼禄,让一群公羊在教室外面等他。它们全剃光了毛,圆鼓鼓的肚子,下流又可怜。

这是一座立体复式花园。可以说是概念性的,或带着概念的企图,又不尽然。我们虽说喜欢蘸着浓缩咖啡读报,依旧像平面那样生活。本质上,我们是平面的。

变化发生在我闹智齿那一年。每周有两天,黄昏被刷成忧郁兼优雅的冷色调。罗莎爬到屋顶上。应该说是对医生的幻觉,像围裙上的某种味道,弥散在各个角落。她立刻产生了一种阻止的欲望,但也是我的哼哼唧唧让她心烦。"罗伯托,罗伯托,我拜托你了!"

烟囱拆掉又重砌。诊所里很安静,乔伊的叔叔在闻辣椒水。他雪茄一样的手指上画满匕首和郁金香。我进去找胶带。

头陀岭

下楼取了空回来,我继续磨陈皮。

"取回来了?"
"嗯。"
"有什么不一样?"
"好像大了点。"
"放好了?"
"嗯。"

光线微微颤动,在师傅头顶上形成古老的磁场,像航空杂志后面的航线图。点射。压力在耳朵里嗡嗡。洗完澡,我歪头,空一下水。第一次取过类似的空。我在楼道里晃悠了几圈,生怕碰见熟人。师傅在楼上帮我望风,不小心放进一只臭大姐。"你还要多练眼皮的定力,视听课真正的法门是看见声音里的空。"

大概淘汰了至少五十个鼻烟壶和一百双琉璃筷子,我才接近了那条分界线,可以眺望进阶训练课程《如何从气窗进入味道》。我的座位非常像跳水高台,俯瞰曾经放染缸的车间。"使劲吸鼻子,直到你开始反胃。记住要空腹,体重乘身高再除以育龄,即认真学习过各种皮革和文化厚度的小时数,便是你最低的空腹天数。我估计你会晕几次,但每一次晕倒,都离以嗅达味又近了一小步。当然,终极目标是纯净的乏味。"手势不必那么大,也不必轻拿轻放。下个断语?嗯。

平度

> 电线上的阳光
> ——安·劳特尔巴赫

趁它们的轮廓还模糊。模糊是迄今为止最好的状态，我是指我们所说的清晰。

让我梳理一下人物关系。应该是昏暗颠簸的车厢里，我，眼神哀怨的小马，挎着包的驼背售票员；或者你穿一件肥大的演出服，树屋里伸出的胳膊，是二楼，正好接过双层观光巴士递过来的手册。但我们是在巨大的河面上，也许移植了部分荒原，我并不确定，但还在等我讲述——

冲浪情节是后来添加进去的，在一幅浮世绘的外缘。白色涌来，又退去。衣着鲜艳的观众在看一部默声电影。

我被自己放逐到后院的空地。水冲到脚边的木头。开始读第三章的某一页，中间凸起的句子，因为页面不平，总是有滑落的危险。"我进去找胶带。他在油灯下写信，墨有一种冻手的冷。但很快——"

临河

阿尤从长毛的土里挖到尖刀,如果是一把剪刀,是不是月亮会年轻?

东四十条回来,经过长辫子的电车,经过放风筝的天气,检票,买盖浇饭,抱着匆匆离开的遗憾,我抵达出生地。阿尤是我的化名,但要看我在说什么。实际上,是他在说什么。门捷列夫,大门,捷豹,扑向列子。他没刻意躲开,两指一夹,逮住翩翩。蝴蝶?舞蹈?都不是,只是翩翩。

下车前,他又磕掉一颗门牙。排风系统在口腔实践中不辱使命,为一个王朝(有时是一个半,但满嘴黄连素)奠定漏风的基础。他无非是不想浪费最后一瓶丰收牌啤酒。标签上的麦穗彻底模仿他的发型,临河质疑水流的泥沙量。我说阿尤啊,老了是需要保护的,如此而已,不耽误我们沉思。

三天三夜的风沙以虚词构建阿尤逃离的身份。他骨头上开始长肉,不如以前,一对小朋友穿着水手服,默念"巴彦淖尔"。除此之外,我还有什么选择?泥土味的鱼,大锅上升到某个高度,添柴火的小童不姓立里,金枪鱼换一种生存方式,不过不算多。

道县

来到县城后,他开始思考各种主义,包括一头热主义,但一不小心,把手指头弄肿了,不能碰屏幕。语音输入还要再等几年。

可他是闲不住的人,于是便来店里找我摊牌。摊牌是他和我发明的一种游戏,很简单,就是字面上的意思。牌洗好,轮流猜牌,猜一张,翻一张,一牌一记分,黑红梅方按一二三四算。比如我没猜对,黑桃四猜成梅花七,左右两栏分别记2和3。对了,牌里没有小猫和大猫,灭了它们满足了我们观点不同但立场一致的愿望。

进门前,他先路过草包店,然后遇见磨地机。"我蹲下来,它就停止表演;我一抬屁股,它就认真工作。这狗东西,欺负人。"他忿忿不平地跺脚,还是没有讲清楚磨地机长什么模样。我往瓦盆里喷一口水,眼前蒸腾起白花花一片。我记得他有一次称它为时代的热情,被追来的狗狂吠了一阵。我和隔壁卖色卡的鹦鹉老爹一起挤对他:"你反对的,往往是你在乎的。地滑?你咋不飞呢?"他急忙摇头,仿佛在说,再说下去,天就黑了,我们会不开心的。

乐清

隔壁有一阵子没动静了。我把《晚祷》挂回到比原来低三厘米的地方,因为夜更深了,所有小动物都异常警觉,等待着梦中释放的粮食。

手表停在他咳嗽的前一夜。我下意识替他捂住嘴,生怕一些想法,在没完全成熟之前泄露,一旦后悔,无法全身而返。

但一个想法来自乡间小道,像混在鸭群里的鹅,专门负责汇报事情的背景。这个想法不属于我,也不属于它自己;它在摇摆中非常自信,而且觉得他的苦思冥想匪夷所思。"你看,事情明摆着,《晚祷》是一幅伪作,画里多了两只小羊羔,抬头望着女主人。"

"我们下山时,你忙着打腹稿,根本没看见溪水中洗澡的俄罗斯人。""你是说那一大块白吗?密度不小,压在几个常用词上面,我用内力也推不动。我想过回家,换一下语境。但是你们知道,我早起早睡,从未后悔过,我的字典里查不到熬夜和熬药。"

那些闪电呢?他心头一紧,但楼道昏暗,我们没有察觉一群银白的瞌睡虫飞上鞋面,以及他打开记事本,抖落几个虚词。

直沽

那是一片滩涂，新月隐到云后面，他像搜寻自己的心理阴影那般，生怕时间在那里，又黯然离去。

作为照片的倾诉对象，我是主体吗？

如果你的下意识是一间地下室，久不通风，堆放鸡肋一样的参考书。（请几位说相声的演员，是不是有点不够严肃？记住不是相声演员，是说相声的演员。我一时糊涂，对没人去的地方产生了好奇心。记住，他们艺校毕业后，职业是演员，戏少时，住在地下室。年轻给了他们信念，相信总有一部电影在等待他们，总有一个角色需要几张不同的面孔，而不同的心灵构筑不同的表演基础。那本参考书以极其枯燥的句法，将心灵分门别类。）他左肩塌下去，陷入自我纠结。"我的下意识有一间地下室，但不是这间，门后面可以设计成七十年代的样子，一种无风格的偏离。用略带刻意的空镜头，交代一下。"

导演愤然离席，有半个月时间，大家在无聊地等待，而事情并没有渐渐清晰。他手里多出一把裁纸刀。照片过度曝光，诱惑我走进去。我是对岸一座白房子的屋顶。

巩义

"来函收讫,迟复为歉。我们档案馆建在一个地洞里,如果你走国道,过了中心岛,再经过千篇一律的麦田,会看见左手边有一棵硕大的水泥树;旁边是一条煤渣路,顺着它,大概十公里后,你来到一片水域,上面飘着一层不散的薄雾,非常像中年危机的感觉。你一定不要忘记戴帽子,这样你可以摘帽表示敬意,相当于古代手挥五弦的初始动作。于非闇先生写过听鱼拱草的功夫,我们不需要。你只需耐心等待,就会看见一根羽毛笔拨开薄雾,一边在水面上书写,一边向你致意。到现在我们也没搞清楚,为何这支像船帆一样的笔在水里没有倒影,反而在空中映出淡淡的云影?"

"我描述这些,没有别的意图,无非是想唤起你对档案馆的憧憬。你放心,那支羽毛笔会把你交给它曾经的翅膀。想一想,谁见过单翅飞翔?我说的不是单翅膀的鸿雁,而是摆脱了躯干的翅膀!我们档案馆是世界上唯一收藏语言本体的。纯粹的本体,翅膀的本体,门口一条弯道的本体,仿佛螺蛳壳的内壁——"

杜塞尔多夫

走着走着,他发现前面有一个人,背影非常像 H。在他的字典里,H 代表好人、坏人和何人。

先说好人,他写肥皂剧会用到。在第一季彩排里,他安排了四十五分钟蛙跳。我的任务是把粉笔磨成粉,倒进搅拌机。搅拌机的背景,他再三强调,要接近贝歇夫妇照片里的客观。午饭时,他递给我一盘画在盘底的通心粉:"我出生在雅典,可能是一个错误。"他双臂抱着头,非常悔恨,但语调是平的,像做工考究的刀背。

于是坏人住进了塔楼,与好人同一个房间,上下铺。房间没安窗帘,窗玻璃是一个显示屏,明暗度靠自动感应。当好人跪下忏悔时,我们就能看见坏人的舞姿,曼妙,像一朵曼陀罗在风中摇曳。建筑使用了新风系统。"照理",我举起叉子,问映在里面的自己。"他周围是一片回音,替他屏蔽影像干扰。空气靠一只海龟,慢慢驮进去,就是怕他被声音以外的东西分神。"这是个问题吗?他回头,觉得那些仙人掌有点陌生,不再具有致幻功能,而天空是一个巨大的漏洞。

北河沿

第四遍快读到一半,胃里有刺痛的预兆。三月,发生了很多事,六个本命年的朋友同时闹牙疼,一个还被篮球砸歪了鼻子。我去台基厂找另一位谈西山挑水的价钱,他右手捂住嘴,左手使劲比画。我捅破窗户纸,放那条蛇进来。它渴了。

"把持得住",你看见矮胖子语速极快地转移注意力。他搬进你的后院,提前在户外铺好床,支起蚊帐。"听天籁的人无声不知,雨淋不湿。"他协助你撰写《伞的历史》。"这本书必将畅销,在病人中流传。"护士用帽子包好针管,来到树下注射。"把持得住。把得,持住;散开,善哉!"

她身后跟着骆驼。从崇文门走来一位道士,背一大袋盐巴。"我们还是从第三遍重新开始吧?"道士收养骆驼后,她哭了一晚上。你盘腿坐在圆心,眼皮耷拉着。光如同模糊的白影,越来越远,越来越大,但也稀薄了。收橘子皮的小贩贴着墙根,玩着手里的喇叭。"顺便养自己的脾气",他若有所思,认真又不耐烦地背诵购物清单。省略句里石粉过剩。

富贵山

为了提高公园里倒走人数，我们提前申请了特殊路障的专利。我的帽子里长满灵芝，害得我戴不是，不戴又委屈。我的家境不理想，难得不去公园化缘。父亲委托大哥交代我，在龟兔赛跑终点，我应该得到一盒似是而非。似，肖也，不是宵夜，不过差不多，几乎邻近疯狂的以假乱真。你要是还不明白，我推荐你报一个专业班，研习太阳和羽毛的关系。怎么说呢？在上帝和作者先后死去后，早该轮到人了。

毛毛虫死活不同意。

好！我来分头说明。梳子的断齿节奏，虽说比不上樱桃小口，还是甜的。他摔出去前，预约了一场答辩。一个跳棋头和一只猫头鹰对话，关于夜的深度和密集之一端。事先，他们，在我们斜着身子走路前，被风刮伤了信心，但继续有点打鼓，鼓槌的现实被埋，不可不说。那你说马是什么属性呢？依我看，大多数扎空的袋子比不了一剑刺喉。棒吗？伺候即刺喉，一根筋的圆脸撸着探照灯的光束，掌心火辣辣的。我们不会悬挂，因为倒悬久了，手劲儿不如脚背。

桐乡

自行车是有点古老的东西,但理念还保持在七成新以上。我一肩扛竹竿,另一肩搭前后两包猪肝。真不凑巧,它们同时送到,两个快递在楼下使劲喊:"三楼的竹竿!""三楼的猪肝!"他们差点打起来,因为我的助听器坏了,手机关机。这时候,正好你的影子散步回来,劝开他们,并用《半点心》付了小费。事情颇为怪诞,影子进门时,我和你已经在家里刷好玫瑰花瓣,开始设计滑板的轮子。

他住在一个半圆的气泡里,有时是上半部分,有时是右半部分。我的积蓄快被装修和搬家公司敲诈完了。阳光发酵的八月中旬,我到熟食兼冰激凌铺买下午茶,阿尤嘴里叼着一管汗珠,端给我两个球的萨拉米。"太容易了,不好消化。"他扶了一把自己后腰,我一趔趄,急忙回答:"可不是,您看我的下巴!三个月以来,我消耗了飞船、波音、空客、动车和SUV等名词,终于等到不用点头的发明。"

(在确定各自的方位前,他们倒推了我们的年龄。熊猫脸搂着阿尤,在抢特写。)

流亭

经过再三申请,他们终于同意把我作为不托运的行李处理。那双阿迪的鞋带,一根用来捆脚踝,另一根需要安检人员帮我绑好手腕。"你看,我并不比滑雪板长。"我忘了它们需要托运。

我曾经在柏林问一匹戴眼罩的小马驹,四方形的黑暗是如何成形的。它垂下头,鬃毛凌乱。我用掌心抚摸它的耳尖,有种触电的感觉。马车夫拍拍我的肩膀,挽起袖子,让我看他胳膊上刺的字:和光同尘。我不会德文,他也不会英文,那天风很大,我只好摇摇头,对他微笑,不去跟他解释我在哪里学会了马语。

开启物性之门,是我故意的误读。那一年我刚过五岁,父亲带我去走亲戚。快到仲戈庄村时,他犯了烟瘾,但我们周围到处是严禁烟火的牌子。我识字早,认的字比父亲还多。我一把抢过火柴,告诉他这里不许抽烟。父亲脾气很好,从裤兜里掏出一本小册子:"那你念书给我听吧。"那哪里是一本书?我捧在手里,掂量着。我们随时消失的可能性变成一个空盒子,里面装两只蟋蟀,叫得此起彼伏。

北土城

冬天分几种,沙盘模拟站,不是战,吸引了一元论者。柱子竖起,招来飞蛾、蝴蝶和花大姐,有时还有鹧鸪,灰夹浅棕的翅膀,我趴在草地上,似乎听见了逃逸的扑棱声。

她买完五斗橱,需要思考那些抽屉放什么。她去庙里请假,师傅说,你放吧,放到无处可放,但别忘了列清单。他随手拿过一张信笺,上面印着佛手,用枯笔勾勒,而红框线醒目,让我无法不想起受伤的日子。"抄一首什么呢?夜次?还是寻××不遇?"他,记住,我们换了岁月,他已经渗透进你的骨血,有耐心读到这里的,八九不离他的性格和外貌。但我们千万不能被这套理论骗了。从影片里抽出梯子的人脖子变长,香樟树无法养活大象。几个月前,掉果实的日子里,我雇了一个班的鸵鸟,测试沙子的硬度。我的手指,包括右手的第六根,受到了巨大的鼓舞。

但因为没有注明,我猜测到你的困境。靠墙的地方,以小东西为主,我们的生存连着古人的奔跑,但不是以海棠花期为限。没谁愿意甩掉原始性。

剑阁

三方会议位于词语入海处。海即遗忘。那是一片滩涂。我们租来长筒胶鞋,往里塞一些旧报纸。在我们老家,没人穿大于四十二码的鞋。会议进入决议阶段,三方的董秘同时站起来,掏出手帕,使劲擤鼻子(其中一位是塌鼻子,掏出一条彩带,团了半天,还是不成形,只能用手捂住鼻子:"不好意思,给你们丢人了。")。无论他怎么客气,极力赞颂小,我们各方的意见还是比较接近他的自以为大。

——跨行的人坐在二楼的台阶上,想象自己像妻子那样思考。"这是哲学问题吗?"褶皱吸收的光在消耗底片里的人影。泛白的身躯,拎水桶的游客,弯腰,天色侵蚀了我们的理性……

——爆炸前,壁纸公司派人来,测量室内气雾容忍度。有人敲门,乙方法人代表主动去开门。他有点驼背,又戴了鸭舌帽,整个嘴型非常像鹅头。他皮肤黑,曾在船上工作多年,现在能充分理解我采购四十三码试穿鞋的用意。

不停解释茶包里的内容。第四方已等在门外,脖子上有刻意的伤疤。

第五辑 天气晴朗,我们约好去看雪人

汉口

二十六年后,读到这个故事时,我构思的人物刚出狱,准备再展宏图,创办一家叫"法老"的夜总会。本来他没入狱,只是工作不顺利,把老板打伤了,想避避风头。他在那个故事里对应的角色是小偷,作者没交代背景,连姓名也没提到,只是因为情节需要,出现在主人公"我"当领班的夜总会里。夜总会也叫"法老",纯属巧合。看来怀旧的人,翻阅二十多年前杂志的人,不会认为重复是一个问题。小说文笔洗练,"我"是一个八岁女孩艾斯特的父亲。我猜作者选择男性视角,而不是本可以轻车熟路的童年回忆,应该是一种对自我的挑战,在风格上的有意陌生化。但我是业余作者,一开始就把他从含糊不清中拉上前台,是迫不得已,也是过于急切的做法。我总是想刻画人物,而没有意识到,往往是那些闲笔,更接近每个人在一片嘈杂中相互抵消的自说自话。

艾斯特永远停留在八岁,一篇准先锋小说中,一本不算太旧但没人看的杂志中。而我笔下的他,虽然已步入中年,还是一个雏形。

石婆婆巷

马路宽的地方,水管显得比实际细。至于细多少,取决于镜子的口型。还不到九点,门口挤满退货的人。"都是退镜子的吗?""不是,是昨晚没睡好。也不能怪她们,一夜炸雷,耗干了天上的能量,脸部免不了抽搐。"我点开顾客清单,屏幕一片白,石灰刷的墙扑过来,又闪回。难怪开机提醒是用药指南。

马路宽的地方,我推着板车。我订制了真人尺寸的石膏像,给它盖好防潮的草席,从石婆婆巷的另一头路过。这一天,像你修改无数遍的草图,像一个不恰当的比喻,含有正面的否定。阿尤拎着一条死蛇,走进大众澡堂。我拐了好几个弯,已经糊涂了。反正他走进了一家澡堂。"编席子的英雄睡在有云如被的树顶。今天上午又打雷了,他下午才到。"(停业通知上写得清清楚楚,我不负责被淹的部分。)

但事情在一个想不到的地方发生裂变。一头肥皂泡的娃娃踩着高跷,来到我二楼的窗前,趁我在扎针灸,偷走了窗玻璃。我的楼下以前住着皮影戏团。

璇子巷

带来是一定的。它存在于每一件事物的核心部位,由递增、递减和各种难以命名的混沌组成。我们习惯了进出,为图简单省事,甚至不提停顿以及产生停顿想法时的侧身。我把包子举过头顶,肯定有人转身离开,手在口袋里扣扳机,放空枪。阿曼特劳特在清除语言赘物的过程中,参考了科普读物,但也没耽误听流行歌曲。"物理学家的放松方式,不仅仅是小提琴。"我从大阪回来,在高铁上想到这句话。火车提速,窗外骑车的人背着一头牛,牛的翅膀非常像两个风筝,不过是真的。

现在轮到龙葵说话。它不是又是一种植物。

"好的,我收到了。"浪花的零钱,鱼鳞,描图纸上纤细修长的皱纹……他想从银幕上下来,但船长找不到海鸥嘴那样的缺口,只能和大副大吵一架。

你到底是如何摆脱的?离心力机器启动以来,他脸煞白抱住娘子,得到几丝安慰。西葫芦炒鸡蛋,打一个地名,这个谜语和乌鸦那个一样。"好的,可以收手了。"门打开,倒下一批,耷拉着小脑袋。

梅河口

天气晴朗,我们约好去看雪人。看雪人要做不少准备工作,第一项便是体检。在每天的分泌物中,有一种和鸟屎非常相似的东西。我记得你的化学老师因为泄密,被家长们开除了。他现在是家长互助协会的吉祥物。"长什么样不完全取决于纬度,潜水的另一个名称,好像是卖冰棍的老太婆。"他们占据了楼道里的长椅,盯着自己和对面绣花鞋。脚背上锁骨穿插,当然它们是作为未来的可能方向,与你无关。你只是陷入了几个世纪的沉思,一种零度以下的风格。

但哪里盛产几何学家呢?我抛出这个问题后,后悔自己没准备更多的问题。第一批海泡石烟斗上架两天,导致讨论范围急剧萎缩。它们来自一个很小的村庄,但不是我们的家乡。

科长的特长当然是科学。用他自己的话说,一片高粱,又一片高粱,我想长高的愿望——且慢,山下好像走来两个傻鸟,扛着猎枪,走路直发飘。"像二婶的剪纸?"盐罐里长毛,这个我们心照不宣。冰底下暖和,河水流淌,我们站着,一动不动。

金昌

没下雨,我们还是去了岛上。岛很小,可以用你大拇指的指甲盖住。这个无法实证,因为不可能把你的指甲揭下来。我们的比喻虽然涉嫌残忍,但在一个漂浮的岛上,水和心都是用来清洗金属的。说到这个程度,该明白就明白了。这是一句废话,也是我们维持理性的基础。

昨天晚些时候,我把地图泡在茶里。你先看见自己臀部的胎记若隐若现。你是遗腹子,父亲栽倒在一棵桑树下,母亲去月光中收衣服。她有百分之二十的机会成为一个失败的边缘人物。好吧,让她们继续讨论,在棕色桌面上,你如何避免一杯咖啡。

而屋里的蟾蜍蹲在余光所到处。暖气片咕哝,他举着缺一角的红桃七,迈正步来到我坐过的沙发前。"我们先定义一下吧。平权运动需要做套装;布料不够时,你是多余的。"(补记:我翻到做了补光标记的那一页,关系一直是呕吐的对象。又:木头腐烂,快去门口取你的智商指数。"现在吗?"不是现在,还有什么时候?)

我塞到大拇指疼,硬币坚持要分国籍。狭长。

巴登巴登

没错,瘦脸,下巴收得很急,嘴唇薄。他适合进会计师事务所,可他偏偏想做一名艺术家。他叫爱德。

巴登巴登今年春天来得晚。他先到了布鲁塞尔,把衣服存在酒店,用画布裹好自己,开始徒步旅行。你可以想象一下,光溜溜的腿,没穿袜子,趿拉板儿敲击着地面。身体的修行,他告诉身旁路过的行人,是他灵魂发酵的酶。我在脸书上每天打卡,支持你做一条绕地球两圈长的纸带,上面画满鼻子大小的乌鸦和甲壳虫。每一只乌鸦后面画九个甲壳虫。

"风总是从东边往西边吹",他的同伴咳嗽一下,提醒他自己的存在。他抬起手腕,看了一下时间。他没戴表,我们纳闷他是如何报时的,而且精确到几分几秒。然后你从后面追上来,拦腰抱住他的同伴。

不远处,斜坡房顶上有一只大公鸡和三只鹅鹕悠闲地散步。它们没有为一根橡皮筋发生争执。那是一根橘红色的橡皮筋,公鸡叼起来,甩给最小的那只鹅鹕。它害羞地低下头。它们应该是听到了下面的掌声。它们不想破坏这种气氛。

德阳

一年两次,他的毛衣会突然收紧,图案里大雁落泪,水桶自己走下楼梯,电梯里挤满种芍药的园丁。他们来看你的虎皮鹦鹉。"多好的一对!"他们挤在门口,带着介绍信、袖套和急迫的心情。你已经在床架上长大了,可以倒挂在那里喂鸟。母亲失踪后,窗帘越来越薄,接近日子里的光线。他有时忍不住,把一枚毛里求斯的邮票放大,用投影仪投在穹顶。你已经猜到了,他的窗框可随意拆卸。青春是一个问题,考验着手里的泥。

"可是我把它们烧了。塔夫绸的花瓣,小瓷碗,烫金部分有点可疑,像他们从未养成的好习惯。"楼梯栏杆好像被什么小动物啃过,每一层数字也感到很委屈。他干脆写信给毛里求斯邮电部部长,了解塑封材料作为新邮票的可能性。因为信封超规格,你还没替他找到可以投寄的邮筒。

"信里没夹东西。信里没夹东西。"你边走边打鼓,但心里在反复默念这句话。树叶黄了,脸色也黄了,街上还多了不少染黄头发的姑娘。她们在等天黑。她们已经买好了游船票。

深圳

吃面包时，我在思考问题。那个出事故的车手。我在评语中写下：

> 最近有点多虑。
> 最近有点多虑。
> 最近有点多虑。

然后把前两句划掉。如果你吃了三个苹果，前两个完全没有必要。

波折缝进被子。水是他们的归宿，而现在过了春分，他决定放弃前一个决定。

他们取代了栈桥的鸥鸟，进入别人的镜头。"我不能成为太多的树枝，我会断掉。"起初，他不是这么想的。他内心的割裂发生在翻土时刻。

在空间上静止地延伸，思维没有力量做到。出于对框架的怜悯，你答应成为局部。你苍白的脸。

三个名字一样的人一定不是同一个人，三个名字不一样的人可能是同一个人。用吃苹果进行铺垫，用吃掉的苹果回答所有问题。我停下手中的活儿，侧耳去听蚂蚁在树枝上爬行时如何呼吸。它们带着歌唱劳动的任务。

镜头里，三个测量员。两个拿着摊开的地图。面向我们的那位戴帽子，右手伸向前方，给拿地图的两位同事指明方向。

我们将在没人的地方建造一座立交桥。

天台

我喜欢做逻辑题,喜欢得不得了。大爷说,你爸呢?我说,您是真不知道?还是问问?

我们住在四座楼围起来的孤地。户籍警察圆脸,羡慕又不赞同地点头摇头:"我看你大爷不如我大爷,我不看呢,你大爷还真有点像我大爷。时间太难打发了,不是无成,是无成的焦虑。"我只能用吸铁石,手掌扣着,仿佛吸收磁场是一场无谓的戏,而写硬笔书法的,没有一个不是棱角分明的伟光正。

东风市场最近闹蟑螂,喜欢啃冤大头的族群。"美式?还是加倍的美式?我们为何不能创造一个有单一尊严的饮料?"上肢是下肢两点五倍的瑞士人来租增高靴。"他们难缠。寺里面要接大量的静默时间,由大师傅分配给众人。"打个偈语吧?在竹林里,租赁被取缔,一场春雨,一次唇语,一网蠢鱼……鸟雀飞散,向三处,它们识别了北方射出的箭。每一根是自己的圭臬。竹子做的笛,封嘴之人如何假装看见又不去摘取。我是门门不清,而河水拍打岸上的荒草。堂姐嫁给公牛,家里一片明亮。"放他们走吧!"

焦作

房间是一个五角星。相邻房间是什么样子,我不知道。肯定会有一个钝角,不方便放家具。五个钝角,属于几个房间,我也不知道。我只知道最不方便的是这间房间,五个锐角,好看,不好用。在我的时代和我的年龄,审美既多余,又多事。黄昏在户外唱歌的人第二天醒来说不出话。

我是来推销锅盖的。某一年,他们进山采药,遇见了大圆石头,前额中间的独眼布满云翳。大白天,明月倒映在池塘里。从水波的变形中,他们想起自己已离家两个半月。还有五天,大禁语期结束,石头将开示:为何石之为头,一目了然。

但发现那些洞穴的是我的脚丫子。一棵树先入冬,洞穴里挖了很多坑,用来装大大小小的锅盖。洞口须知据说是根据契丹文转译的,描述了进洞的注意事项和事后责任,归纳起来,无非是取盖者的年龄限制和接下来的职业操守。我年龄合适,但没带吸铁石。它们作为石头脖子下面的躯干,正陪猫头鹰聊天。石头一如既往地明白,它完全不用管它们,先滚动自己。

魏玛

关于君特养鼹鼠的故事,他自己提出过几点质疑:"我为什么要养鼹鼠?我如何养鼹鼠?除了在文字中,谁看见过我养鼹鼠?我相信自己的文字吗?我相信文字吗?"离怀疑自己还有五公里时,他听见一头骡子在唱:没有盐的世界是扯淡的世界。

君特去世快五十年了,但他还在质疑自己,只是失去了以前的高度。我们在一个啤酒屋里,围着炭盆坐着。屋里很热,炭盆是假的;他在假火里,挥动一把大蒲扇,像是要扑灭随时会吞噬他的火苗。他忘记了,此时的他就是一尾小火苗。卡尔,我们推举的祭酒,通过各种游戏,把我们变来变去。"我的鼹鼠呢?"是我们变成别人时要大声说的口令。

"再来一遍!"另一个证明君特养鼹鼠失败的例子是,在迪斯科舞厅里,会员人手一个扩音喇叭。灯光暗下来,喇叭一闪一闪,照见话筒里跑来跑去的鼹鼠。它们身子大幅度晃悠,像从麻袋的漏洞里逃出来的大米。一个卸了妆的卡车司机在默默流泪。他在去耶拿的路上,没遇见一个流浪汉。

德帕内

画外音,又不像。画廊里只有我一人,到处是监视器,大大小小,各种各样,色彩斑斓。我正在体验的是一个红绿各半的灯笼椒,悬挂在离地半米的地方。我低头朝它笑,它报以微笑,外皮褶皱,像胖胖的小老头;我收回微笑,它也一本正经;我暗暗咬牙,它叹气,没说什么。可是我分明听见了卢克的声音:"躯干取代了头部,没有性别,衣服的拉链黑色,如果仔细看,其实是深棕色。"那不是医院吗?新入驻的北爱视觉分裂艺术专家,每天端着松果蛋挞,分发给笑嘻嘻的护士。"她们牙好。总有一天,她们会告诉我在哪里坐船去刚果。"我翻开厚厚的文献展目录。我猜他的艺术成就一定隐藏在 P 和 Q 之间。

作为设备赞助商,那些画里的人物一直不确定谁愿意出场,徘徊于人格和问题的中间地带。

"不过,事情会在加加减减中消失。这一次,会和上一次交错,然后一起进入炎热。"我们沿着铁轨散步,他根本没关心我在说什么。他的呢子大衣在空间里摆动。我渐渐走出他的视野。

哥廷根

我是一个不画画的画家。你没听错。这句话与我是躺在床上的行者不是一个意思，和我是说话的沉默者也不一样。在没有特定的限制下，事物会自己产生一种浮力，我听说过所谓的"事物的意志"，这个意志是浮力的动因，但同时也是各种粒子内陷的中心。你有没有想过，昨晚为什么突然被紫藤纠缠住？

下坡时，玫瑰获得爆炸的漩涡。公园废弃很久了。《导线》杂志的主编波姆先生在一封读者来信中晕倒。他看着自己慢慢倒下去，像一张宝丽来照片渐渐清晰。他还把你叫过去，见证他的转向。我记得你抱怨过他笔迹潦草，语焉不详，情绪大幅度波动，但这一次，他特别冷静。幸亏我在你出门前，给你准备了棉袄。

波姆先生是冒名顶替我的真实主编。经过反复思考，我决定把作为概念和演绎存在的杂志，通过真戏假做，变成真实。这个想法堵在门口，比两百瓦白炽灯还晃眼。我不在场，正在给你的呓语烫毛巾。"你应该回去看看，那个想法到底是怎么回事？"那是波姆先生从楼下走过。

旧金山

他真的还在那里？鼻子已失效，不，是嗅觉。鼻子还在那里，撞墙时保护眼睛。

J有点恍惚，不敢确定这些想法是自己的。它们来自哪里？自己内心中有什么东西像奇怪的种子，找到了土壤、水和适当的温度？他是谁？自己为何会想到一个没有名字的他？

整个过程被详细记录下来。我一边篡改老胡的笔记，一边推开阁楼的门，进入他的另一个世界。我已经腾空了自己。邮局，脚手架，工人们进进出出，情绪的锈迹……你想起隔壁又忘了关电视，于是起身，从罩衫里取出那本科幻小说。"记住，不要扔掉旧东西。先为它们盖一座房子，它们会自动消失。你将拥有一座真正意义上的数字博物馆。"可是，我们现在不是在讨论邮局博物馆吗？哪一个沃尔夫？我翻到黄页很靠后的地方，找到一页半的沃尔夫。"叫什么名字？男的？还是女的？"

"就是沃尔夫，没有名字。J说的。他还说，其中一个的电话号码和我的一样，但不是那个沃尔夫。"我又听了一遍，还是那些沙沙声。

鸣羊里

> 我瞅着了才明白。
>
> ——郭德纲

我的短板是没板,长处呢,不知道认识古代一个叫周处的算不算。麻雀飞来飞去,当时没高压电线,但有高压。地里连虫子也跑没影了,它们只能不落在上面。所以,关于算盘起源的故事极不靠谱。但也不能说绝了。

修补袖子的裁缝碰巧姓冯。他走路一颠一颠的,来到最后一辆有轨电车上。买票前,他先问车子的功率。司机在嚼口香糖,脸色渐绿,但镜框发亮。我确实没看见,掏出手机。梧桐树投在空间里的阴影,仿佛有苔痕和古老的印迹,抹不掉,只能等自己消退,像荨麻疹。"您仅作参考。您千万别噎着。"我在他快打鼾前,连拍了行人的步伐。他今天太累了,挖水管的预算比探花还稀有。一百多年前,他从广西来。

但他有一个女儿,最近在写小说。"我每天上街,头顶瓷盆,里面没装鸟食,但它们照样翔集,鸣哔,如同我的家人。"我急忙递给她带钩的烟嘴。我的这位曾祖嘬力无穷,但我懒得解释。我相信神话的荒谬,而不是荒谬的神话。她没说的引起了年代错乱。

任丘

去买盐的路上,我吃掉了五只蝙蝠。并不是真吃,而是象征性地。在个人癔症和集体无意识的冲突中,我战胜了自己,于是,我继续消化它们飞翔的黄昏。

洞里太阴湿,师傅在我背后贴了张膏药。它的神奇之处在于,它不是普通的膏药,而是一个掌印。师傅说,他的饭量与生成有效掌印的数量成反比。他并没有亲口说过此话,但除了他,没人能说出这样的话。

师傅无姓,我们叫他无师傅。你现在知道这事有多高级和多拧巴了吧?

这就不得不回到事情的源头,一条涓涓细流。阿尤的儿子来借驴,从山脚下往上爬,还没到半山腰,就听到父亲在树上叫他。阿尤何时上的树?他从哪里变出一个儿子?驴的主人肯定知晓,但还不如不知晓。

我去过很多地方,收集了自己的印象,把它们用一位本命年的老书生口气,传授给门徒。我是烟花痴迷人员,门口贴满历年禁止燃放烟花爆竹的布告。我在等一个人归来。

但瓦片不积水,心里存不住话。我拉拉扯扯,收拾着屋后的空地。有人在这里盘旋过,但没有停留。

洪崖洞

蚂蚁拱松意识的土。它,有时是它们,在逃离自身以外的黑暗,摆脱印刷文字,涌入表层。

我注意到蹲在树下的你。柏树低矮,构树只是自己。

你后悔了。手指粘连,被厚厚的蛛网裹缠。发牌时,梅花脱落,不是油墨问题,也不是洗牌人的幽默。梅花花瓣进入蚂蚁时间。空格。本来是敲回车的次数,不得不还原成能指。小卖部搭售江小白,证明定理可以涡流,甚至可以在岸上等待期货。(后期处理仅仅是向仿制致敬,向大多数缴纳傲慢的欠费。)我握紧纸条,生怕它湿掉。

但失掉是沙土结构。他有一个乡土名字,并没藏在丝巾里。

转台切成自动模式,他真的加了一道菜。

"我路过瑞士时,他们还没醒。行李像山脉那样堆放在一起,是说不过去。"他说。

"可以的,我差点被代入,如果不是那个秘密快憋出病来。"我们去门外透气。你手里握着好几根剔牙的牙签。你想说个笑话,又觉得没什么可笑的。你还在犹豫。屋里只有他一个人,盯着刚才那根鱼刺。

石楼

他拿到一本目录,他知道,我也知道,但我不太确定他真的知道。

我翻过扉页,扫一眼目录,进入第二章。月亮躲在灯泡里,电工喝着牛二。他远离京城多年,还是戒不了。书房堆满干草。你搬来后,以不可思议的热情克服了孤寂期。"养大一点的牲畜,会反刍的。"因为知道我的问题,他问我:"标题在哪里?"他好像在目录里读到槐树什么的。他翻回到目录页,一张白纸,中间靠上的地方印着代表灯泡的符号。

"靠墙是一排修竹,竹叶暗绿。他想,不能再这样下去了。"我在笔筒里找。为日子的沉淀物标价,忧郁三两五钱,比如。

姑妈结婚后,养了六只独角兽。姑父去西北打仗了。那是1922年,离电工夹菜隔着。

小册子是作为遗物寄来的。神武门外,云很蔑视地扫过。"她没有遗物,因为她要等待他的。"我写完,用橡皮擦掉。让他在门口等,就是不想让事情太真实。举个例子,第五章,本来是关于槐树的描写,衬托悠闲。现在,我不得不回到太原,天天书空。

马赛

给火星送完信回来不久,上校在海边遇见信里三只耳朵的兔子(它坚持说中间那只耳朵是一根自己长出来的天线)。我量了量上校的身高,不到我中指的三分之一,但还是比兔子高出一头。加上天线,如果我们按比例放大,兔子应该像已故吹气大师根号的超体量橡胶作品。大师生于数学的斜率时代,姓名缩写是 R. S.,具体代表什么,他自己也忘了。

"一路向下。"他用手掌比画着,但感觉不像是在和谁说话。这里需要说明的是,我已经放下报纸,拿起七十年代的一封信:他从草地上走过,身材很明显,既不会消失,也不会突然站在你面前,把一口袋云片倒进你的碗里。

需要补充说明的是,车站停运一周了。我们只能借中亚的一些地名,给沙漏注册。沙漏曾经存在于描写爱情和战争的诗中,所有来送别的人,不是自带,就是在站前的皇家专营店里购买。轮到我时,空气中有椰枣甜蜜的香气。你把削好的铅笔立在瓷砖地面上。瓷砖图案精美,但缺少轻松的气氛。还要等多久?

鲁昂

该吃药了。姑妈说。线条在窗外横过来,然后斜切。我去找一位具有可能性的姑妈,她也在找我。水族馆新装修,还有一周验收。我暂居在对验收的期盼中。

星期六,雨靴拍卖会。埃尔默把五个手指上的顶针摘下来,很茫然,手怎么放都感觉不对。"你放心,我妈妈改嫁得早,我养成了不说话的好习惯。你也不妨试试。不要这么看着我!我还没开口呢!"

咖啡馆在水族馆斜对面,可能性姑妈不会想到的地方。

寻音启事,总共分两部分。粉红色的贴在树林里,绕树干一圈,内容固定,但表达方式各异。你逆时针转,只要不头晕,一定会发现缺了哪个音。

第二部分桃红,一样的怯。埃尔默专门买了点钞机,听它们被吐出的声音。他姑父尚未成年。如果有读者猜到了他和我的关系,包厢里一定有阴谋,像传说中的俄罗斯小说。

"但演出会跨国度交替。导演不露面,可以让我先结账,然后再不回来。匈牙利语?听着不像,反正是我听不懂的一门母语。"真是够糊涂的,竟然翻译了。

六合

"其实,他是为你而生,而不是为他自己。这里不存在什么利他主义。对于他,伦理学是另一个古老的话题,像石头和星辰。"

从编辑部出来,我还在想这是谁说的。稿件每天堆积在单人沙发上,害得我没地方打盹儿,无法在别人的文字中嗑自己的瓜子。我买了一把喷壶,用来淹没日益增多的黑色。它们比蚂蚁还小,从瞬间的缝隙中涌出来,搞得我心神不宁。

但这两天,日子有点不对劲。他至今没分清动态时间和静态时间,起码在语言层面上。他是我的同事,去林子里休假了。并非什么幽深的林子,一片不到一百株低矮的柏树。他在空地搭好北脸帐篷,还在里面点亮油灯,趴在那里想事情。为了好好想事情,他把事情放到一旁。如果伤心,大家相信,鸟儿会到水边,在没人看见的时候,梳理自己的羽毛。那是错觉。拿望远镜的人已经出现在六楼的窗前。

天气,我无法忽略它的影响,只能说和往常一样。几个穿皮夹克的人贴着墙根儿,走进故事的开场白。我也去过那里,当时并没有觉得。

灵川

雕像。我们去买干草。街上。两边是平房,墙上贴着斗大的字。我们是来买干草的,不是来认字的。

(雕像的构造。空心部分。弹吉他的人,小丑谢幕。他踢他一脚。角色对调,趁酒兴。作为死心眼的读者,我平移造型、色块、刮刀和苹果的锈迹。)漆面受潮,鼓起疙瘩,经不起火烤。刑罚和消失的阅读。消失的鼻尖,代替它的是黎明。黎明翘起。

中心多余。他目测了一下。

(航班号。亲属们背上一筐橘子。拐弯后,我们还是来买干草的。用途?我不能说。她们每天泼水。往自己的影像上。或者,自己投射。)

船在靠近。沙堆,比天色沉重,湿润。抛绳子的人弯腰,像准备跃入。我记下:成吨的体量,难道不应该是面积吗?但只是一闪,然后夜上岸了。夜漂在河面。夜沉入水中。新闻有一股发霉的味道。

风景不殊。如此。你准备好平面图。素描渐暗部分具备了充分的趋水性。 (你说什么?我们的介绍信。公章。)

(镀铬的句子。我们登记好,来到楼下,看山的倒影。狗卧着。)

火瓦巷

他贴完寻猫启事走了,带着自己的不可名状。有一个阶段,形而上的复兴运动正处在漩涡的边缘。你说,他是否能确定没人会按暂停?

一棵树路过。"我是普普通通的一员,但米粒独自是一类。"

雾的包袱。打结顺手的人裤子多两个兜。路过一棵树,她们相视并强忍住笑。"我们来说说树走路吧。"皮尺,刻度,旋转的彩带,祠堂前吃米花糖的老头。米粒是一只打坐的暹罗猫。

他自然会起一个被遗忘的名字。

我数完盘子里的胖子。多少个扁圆?我们好像忘了,小剧场有一场哈欠讲座,听众穿着白大褂。进门时,可以按自愿原则,领一个围兜。差点出现哄抢现象,直到报幕员拈花且带哭腔:"我本是小小小,不承想到这这这——"大家鼓掌。侧门亮着灯。那是昨天。

谢幕时,活动屋向外打开。我们不难看出剧情的动线。水沟,几乎像护城河,给提灯笼的人划出一片独特的场域。地气暗浮,春心萌动。人们回到自己的名字。唯有他念念无词,还蹲在马路牙子上。

小营

没有寄出这封信，不是因为里面有什么内容，而是我尚未动笔。我有了一个念头，但马上决定放弃。不是觉得有什么不妥，就是觉得，和许多事情一样，做还不如不做。

那是关于比喻的争论。红鼻头给我看了他的基因序列。两座楼之间，风摇摇晃晃，话到嘴边，不得不咽回去。你替他解围，做个手势，表示比赛暂停。可我还是想搞清楚，放松和严肃之间为何不能架一座桥梁？哪怕建立某种联系？水火不相容里面有没有政治阴谋？

他后来干脆去坐游艇。"速度！速度！"等他发现岸边聚集了一群散养的鸭子，他才猛然醒悟到什么：睡前不应该研究点彩派，哑铃没有失重的一头。还有什么？

我和他是间接认识的。黄背心说，那么多牌友中，就红鼻子和我话多。黄背心和我是连襟，但性格迥异。比如，我喜欢抠字眼，他喜欢扣下巴。我们经常交换牌经。当然，更多是我复述别人的话，并找出里面的毛病。他安静地坐在那里，锉着指甲。他的下巴上有一道红印。他压根没提到过红鼻子。

江山

> 我站在错的一边
> 因为那是人站的地方
>
> ——题记

关于误读。

茶色如青团泡久了。也好,他的故事,第一章残缺。第二章是故事。这个字不太吉利,换剪纸,大红花。筐箩,倾筐而出的小节。数字不够用,因为有上限。拐杖与人,他父亲弯成弓,但已经没了射力。马脸,怎么可能丰满?海港,远眺桅杆。望空的人写不满一页。

来说年龄。麻一样的各种官衔。好像是安妮·卡森说的,我东捡一样,西琢磨两样。(我肯定篡改了,因为那是我的快乐。)

第一页涂满油漆。来自树。猴子,松鼠,胆子大的猫……那次飞行很刺激,包括我们的谈话。云悬在下面。旧报纸是不是更好?材料,质地,水泥块,而他们不愿回归话题。

"易碎物品,轻拿轻放。"字的克数,复印件上的泪痕。

到现在,我还没进场。我在等他们聊到不痛快处。但那样会不会更激烈?"名字作为语言存在",安,不是安妮，引用了黑格尔的话。对我而言，她们可以合并，但还是比我们细腻。"它存在于空气的元素里。"现在，只是现在。

秦皇岛

星期二弯曲,像受潮的木板。

星期五泄露,情绪糟糕的味道。该洗澡了。整个社区,自上而下。他们不得不取消密闭空间。天文馆停电。街上到处是大脖子和脖子上挂着高倍望远镜的孩子。

我来认领一个丢失的地址,不是包裹单上的那个。站台上,读报的人比其他人更早知道火车晚点了。

你掂量孰轻孰重,用两只手。冰化在手里,洗干净。季节在关节里寻找自己的声音。

他请过假,向一把锁。或者,像一把锁。

把某种地理上的图形烘干。第一步,取消词与词的缝隙,这样可以减少过分敏感的皮肤,至少集中到一个点上。边缘更加边缘。我背靠舞台坐着,但不是工作人员。第二步,偷换概念。人是概念的产物。

其实是切掉一部分镜头。我们来到地下室。接待我们的志愿者,全是申请上岗的放映员。他说今天阴天,还是下面好。我们往沙子里倒水,他们往水里到沙子。我们不交换意见。

说到这里,我们已经包含了他们。院子里,晒着海蜇皮。冰是绿色的,但很快,天暗了下来,还没走开。

霞慕尼

赞助商希望我拍一组雪景、滑雪场设施和滑雪的人，间接巧妙地推广他们的滑雪板。合同里没有涉及历史维度的条款。在前期沟通中，他们间接表达了这是一次平面创作。关于明信片、尖屋顶和时间的漏洞，在工作计划中，纯属意外。

意外属于另一个范畴，像一朵浮云，膨胀着，迅速飘进他的财富。他给自己倒了杯巴黎之花，用鹅毛笔和花体字，在旧明信片上抒发思乡之情。这些日本纸做旧的明信片，印着黑白的浮世绘以及他不认识的字。整整二十张，雨中打伞的行人，飘落的樱花，张牙舞爪的狮子，头发盘起来的歌伎……这些内容，一半是我的虚构，一半来自一页没有主人的草稿。有一年在普罗旺斯拍片子，我在阿尔的旧书摊上翻书，它从一本译成法文的勒卡雷小说中掉出来。我觉得字迹很熟悉，便趁摊主不注意，装进了口袋。

我开车来到霞慕尼，还没放下行李，大堂经理就过来恭喜我，说我的房间是当年著名案件发生的现场。他递给我钥匙和一沓印有旧照片的明信片。

骡马市

> 狼嚎夜,吃羊肉泡馍。
>
> ——陈东东

城门关紧,坐在稀汤里的两个伙计,想哭的心必须收干。我是其中一个。怎么说?我是拽他下去的那个,看着他那么跃跃欲试。

我抄过碑,会写祖宗名号。天一冷,手要袖起来捂暖。你看历史断断续续的,没一气呵成,是我买炭的钱不够。

你想跳舞吗?戴着脚链,你在网上定制的。

他用眉毛画了碑林里的个别字。回屋,煤球滚来滚去,我陪他看了老半天。菖蒲,剑麻,大芭蕉,我问他谁种的,他打了不下一打嗝,掏出手帕,老六葫芦鸡吃饭发的,红黄图案,超薄。我急忙拍他的背。"不行,缺口凉白开。"好了,既然你能说利索了。

东方发紫。我们嘴唇更紫。我曾经有两个核桃,小雁塔附近的老孟,猛抽两口,吐出一个 O 一个 K。第一个我也会,但第二个他着实功力深厚。

他不姓孟,每天第一件事是刷痰盂。我紧随他,一步步走到公厕门口,突然觉得尿意不够,想折身已晚。他肩上的鹩哥开口了:"您还行吗?"我刚才忘了说,他不是那个吐烟圈的;他会写大赋,也毁在其中。

郏县

我下山时,他们在上山。

——天要黑了,他们告诉我。(一个左眼亮手电的人眨眨右眼,但我怎么看得见?)

——山顶上在举行观象仪式。

——手杖协会赞助的?还是动物园?

时间抹在物体的表面上,变化的时间。你找到一根烂绳子,抽打它们。

大家在鼓掌。有人读过一篇小说,开头没有了,但更加吸引人,像山谷裂开,游人们惊叹不已。

还有一头野猪,不幸坠入陷阱。猎人们用酒糟鼻顶开天窗。天之窗。

轮到他说话。我好奇怪,他的山羊胡子像钟摆晃动。有人用胶水缝合了千丝万缕?还是他的大脑里有平衡器?我去车库拿工具箱,一只燕子飞进意识,但时间有点早。我们都有点心急。

树影落在池塘的水面上。青蛙醒来,但还为时过早。

——我没认出来。他养过三只松鼠,分别代表白天、黑夜和下午晚些时候。你买的瓜子颗颗饱满,让你想到去年夏天的阳光。

——你是说我吗？我也不清楚。当他在楼下种了抽象的仇恨，他发现每一张脸都有可能变形。

天空是一个无比温柔的窟窿。

从化

我走了老半天,还是不知道要去哪里。

1)我是跟着别人,他们不告诉我,也不许我问。但这不是去吃饭,"你别管了,跟我们走就是了。"一起去吃饭是很久以前的事情,就像说悄悄话,或会咬自己尾巴的蛇。

2)我独自一个人在走。不知道是我给自己设定的目标,没有什么目的,就是权宜之计。看到路牌,我不是闭眼,就是爬上去用布盖上。我拉了一车布,还背着登山设备,以及剪刀和刮小广告的铲子。他们告诉我,我满月时,上弦月细细一弯,全城闹鸡瘟,狗在激励上进的孩子。

他们是同一个人吗?

你在修理黑板时,想到外面的围墙。不是黑板后面的承重墙。一群被罚蹲的老师非常开心,聊着不用讲课的内容。或许是这里的早期史被湮没,蝌蚪文爬满各个领域,从甘蔗地面积扩大,到补牙的功夫一天天退步,因为腿部问题。或即将写入第三条的悔恨。

马路上,人越来越多,他们举着液体枕头。对外,说是消防演习;他们自己的叫法是灭火训练。有什么区别?你看,我还在看蘑菇。

清河

那就干脆谈谈眼睛。绳子和飞蝇,从弗里兰德的电视里。

你用背去蹭墙,不是逞强。

它们中间有被抽空的一段距离,像一个用旧的念头和一个永久的念头。怎么说呢?如果是我,事情会沉浮,手去抓水里的肥皂。手背是禁区。整个下午,我坐在浴缸外面,想过去如何转身,亮给你凹陷的后背,阳光如何侵蚀轻浮的边缘。

我们围绕着下垂的部分,先是顺时针三圈,再逆时针两圈,突然改成原地追没影儿的影子。不纯粹的塔,斜面原理,楔子,他们劝我从桥洞下经过时不要停留。可是你在那里背过书,像好多块破砖头。落日终于比柿子还冷静。

唱莲花落的终究是少数。我扛着自行车过河,桥头遇见拖拉机。他们收完衣服,挤在一起,听彼此拨浪鼓的声音。那是耳鸣。麻黄,细辛。他兜里总是装着大把盐。我不敢确定是他听错了还是故意听错了。有照片为证?为何不能为负?底片里的艺术感觉?

那就来一段吧。上回,且慢,是上上回,我走在树叶的对话里,是它们在听我说。

北洼路

——麻烦把盐递给我。
——好的。还有糖。它们不可分。

你们猜,我是哪一位?或许不用猜,答案已经在那里,像细微的味差。但也可能是旁听的你,心里咯噔一下,有种入戏的感觉。灯罩布暧昧,起到保温作用,而言词无法散装,洒落中并不停留,像光。

刻刀还在行走。无形的手。说出来的人并没错,只是刻意而已。

但如果细微,还是要彻底分开。他在避免答复。

(第二幕。他抱住比他身体还高的棋子,一步步挪出追光。)

——每一次喘气,你仔细听,有没有树叶在里面飞?
——太夸张了,他在药片上写字。

我们还是分成两组:演员和观众,留下导演和其他工作人员自成一组,在后台尬聊。实景拍摄暂时搁置,因为经费不足,而会计最近在大谈特谈蓬皮杜,尤其是概念和野史的纷争。我差一点被风刮走。作为风筝传人,我去过潍坊,还找到了那家上岛咖啡。不过我觉得半岛更洋气,更高端,可以礼貌地偷听剧外的声音。

昨晚拄杖练走一小时。天气凉爽。这个他没写进日记。

仙鹤街

他可能比我早知道假山的构造。从他锁紧双肩走路的样子,我们得出结论:他在打一口深井,不纯粹在时间的竖轴上。他的晕眩感产生于幻听:枝叶发芽,茂密,被雨水冲洗,飘零……你确定我们是在同一个波段上吗?

我买了三吨有机肥,价格很便宜,相当于预定了一场与月光的晚宴。日子是与发条绑定的,它不紧不慢的呆板适用于界画。我是临水派,桶不离手,心不离岸。风还没到草莽,我们就慌了。

当然工作是弹着琴安排的,不乏弦外之音。

门口发临时牌照的小屋钻进去一只花栗鼠。你什么时候饿了,哪儿也别去。我会排队来照顾你的好奇心。

这么说等同于——

打好格子。每四格,边框换一种颜色,乃至成本急剧上升。我,作为老师的学生的辅导员,徘徊在不确定的身份中。今天赶上他出门去买铅笔,你帮我分析了他为何举棋不定。外面经常下大雨,没有不受潮的密封条。你可以说,不应该在我弯腰时,提醒大家出口在哪里。我们总归要出去。明天?好像有点晚。现在?

浦口

——留学和留级为何差别这么大？
——你吃过榴梿吗？
——没有。我吃过石榴。语言受乳黄的诱惑，而思绪多汁，鲜红。

他摘花，下水，水冰凉，又缩回脚。按我们老家的说法，这个门不能进。

读到这里的各位，不要把头凑到一块。"这块腊块，你说的是腊块？"

作为引号内的，我们并排坐着。茶杯烫过，天气不掉色，囫囵着，敷衍着，事情就这么着。但不知何故，我妹夫抱着一只三黄鸡回家，进不了门。"她偏要烫头，磨破嘴皮子，求大师出手。您知道的，我们这个村的大师识字不多，不到一网兜，一提就漏。这里没有同音字，没有双关语，钉子是钉子户，铆劲儿可就得罪了他们。"我取出关键部分，看剩下的零件怎么在余光中组装成一部叙事风格的机车。

——他们最后妥协了？
——他们之间？还是和我们？

渔火实实在在地去了下游。这个村到不了那个店，我央求他们改个地址，取消关联，但他们安了太多红绿灯。我又申请骑毛驴，没得到批准，手续如初春的江水，而鸬鹚随波起伏。

延长

——如果你真心想请我看电影,那就请我看一部真空电影。没有故事内容的那种。

电话另一头有一只中年猫,估计还有一老一少两个消防队员,正从槐树上脱下一件开领毛衫。青苔在树杈间比较沉默,你体验过的。咖啡凉了,他收回手,先是左手,忧郁了。准备撤右手。但他不是发出邀请的那位。五条街以内,那个人还在征求中。

——要不我反过来,一如我看见的现实?

白天脑袋比较大,蓄水能力递减。我站在水的边缘。你想想看,它流过岩石、树皮、丢弃的电池和结尾横出来的船桨。木头腐烂,我的泥塑娃娃,马上要扮演舵手。

开始是默许的对话。我不说出口,你读了很多相关报道,自然能接上话茬。轮到你转身去取暖壶,我明白馍已泡酥,全堵在壶口。台词的冰川纪。

发轫于草绳文明,我们光着身子穿棉袄。腰鼓上的娱乐活动已进城,但不是我前后迈步的舞蹈。这中间挤满了经纪人。如果瓦片年代喝风,最好不是西北风。我恹恹欲睡,像写满信封背面的废话。封口。

林芝

"如果别深入那么远",我们只能谈论他。

是的,别不是某种否定,他是一个人,名字叫别,姓任,或何,或某种稀有的姓。我的中学同学中有一位脸圆圆的,白扑扑的,姓碰,碰巧的碰。他说,当年登记户口,他爷爷告诉公家他姓两块石头,一阴一阳,不是一上一下,是并排的两块。人家嫌他话多,应付道:"我们邻村就有一家和你同姓的,祖上做官,差点做到宰相。"

扯远了。我们再次回到文本上时,工匠们已打不起精神。他们手里的工具,有具体而微的,比如凿子和榔头;也有大好几号的,笨重如石头,可是他们实在不知道怎么形容。我负责给他们分配床铺。我摸着掌上的老茧,按麻木和刺痛的程度,决定谁不会在呼声中坠入深渊。我曾经想在墙壁上凿出一幅虚渺的图画,供百灵雀翱翔。画欲静而风不止。他一眼就看穿我的荒唐,顺便关上了铁门。

我握着插销,内心不能平复。本来我住在三楼,不认识那个叫别的人。他自然也不认识我。我们中间是人为的灰色,像他的衣服晾在文字外面。

小靳庄

门牌号 1975，下面是模糊的路名。我在画册后半部分，接近结尾的地方。他们去看自己的热闹了，留下凝滞的气块，嵌在脑门上。

——你说什么？

其实你是问我没说什么。

这是我第五次搬家，时间置换出空间，就像挖一个抽象的洞，各种物性以具体的形式填充进来。它们来得那么快，我还没醒，不得不坐在梦的边缘，等它们换鞋，穿上防护服，去抓飞来飞去的气泡，我们称之为永恒的变体。

但我还是又睡着了。有人打着三角彩旗，走在运土豆队伍的最前面。皮卡，板车，三轮车，排着整齐的队，车上堆满大大小小的土豆，每一个都通体发光。

土豆的知名度和他们相比，是处于低级阶段吗？

回答这个问题之前，我们需要了解此处土豆是一个集体还是一个家庭？当你跷着二郎腿，不紧不慢地说是集体家庭时，我感到空气里有什么东西爆炸过，我失去了体内一部分以前无以名状的东西，但不是作为外部东西的一部分，更像是它们的副产品。

问题是，他们经常来店里剃头吗？

密歇根

在一个四四方方的故事里，你希望出现在哪里？右下角但不要太偏？还是脸部占据整个画面？"暂居也行"，他抬起手腕，忘记好久没戴表了。"每个人的一秒钟。"

罗马柱比她的背影宽，因为她已经走到橱窗的深处。我是指她的背影，还有圆帽子。光线尚未自私地倾斜，周围是陌生和尚未开始。假如有人骑马加入，他们全投票给斑马。搬进屋的桌子是条纹的，桌布也是。你不应该夹在两个左撇子中间，虽然只是喝杯咖啡。《论坛报》报道了一起离奇的案件，作为不在场的历史，总是成功地介入审判，并取得对自己有利的证据。你擦桌子时要小心，他把番茄酱弄得到处都是。

那么我呢？一道瓶盖上的划痕。我既没有保障认知的伞，又偏偏赶上雨夹雪。我从地下室跑上来，抡圆了，把保龄球像装满不满的瓶子，砸向这个季节的街道。但这些，我不得不承认，仿佛一种必然的走向，有很大一部分脱离了边框。我替你捂住，盖住；你也这么想的，仿佛我是带气的水。

不用猜，他停在了那里。

元阳

车是老款,在流线型诞生前。人物不新不旧,自然卷加过期的发胶。"语言的鸿沟是否可用内疚填平?我一想到昨天的行为,急忙放下刀片。"他隔着椅背,对着我的耳朵吹气。什么是椅子性?我侧头,把听力不好的那只耳朵转向他的焦虑。J替我们开车。女朋友新买的毛线帽从未见他脱过。"洗澡时,我用保鲜膜裹好。你们猜我找到了什么?各种代码的内翻腾,有时是忍冬纹,有时是饕餮纹。我估计,不出半年,我能捣鼓出一套自洽的体系。"

空调坏了。我们没有对他说实话,但也没想到,毛线帽散发出白腾腾的热气,在他和车顶之间形成厚重的云团,越来越重,仿佛要凝固。不出所料,靠近晚霞的一段路面相当颠簸。J在吹口哨。后备厢里有两个真空口袋,一袋存放张力,另一袋存放反张力,就像我替自己创造的麻烦:我告诉他们自己是卖杜鹃鸟的,但我的杜鹃鸟非常纯粹,已经提炼成悦耳的鸟鸣。他指着天空:"你看那些云彩,都是J的。一朵朵盛开的杜鹃花。"

道北

透明灰尘学由两部分组成：一种变色的粉末构成背景，大量三维的声音交织，作为应对机制，排除那些试图通过立体化瓦解意义传递的破坏力量。前者的成分配方，你得知后并未大吃一惊，反而又消灭了一海碗饸饹。你一边吃，一边盯着远古牌小磨香油，嗓子眼极其顺滑，不再结巴："你听说过这个牌子吗，恐龙教授？"没有，但和那个白醋是一个牌子。我耷拉着眼皮，对一地鳞甲小声嘟哝。

我们学校建在一座鼠标形状的山顶上。我们是名副其实的移动学校，因为山体圆滑，压在一个滚珠上。我当初坚持混合文体的初衷，就是怕你走极端，在课堂上用玻璃球覆盖一切类比。对那些看不见的思绪，他没有马上拍打一本书上的灰，而是站在朝北的窗前眺望，脑子里飞速闪过麻雀的老年斑。时间继续，在腋下，在一格格拆解的标题里。我的连接环断了，你说，这不难理解，我们也继续吧？

包装纸。上面的斑点用的是涂抹法，可想而知。排队的人不知从哪里冒出来这么多。他们是来印证模糊的重复。

衢州

他拿着一张打满孔的纸,走进诊室。房间不大,布局很像他的卧室,单薄的床,压着玻璃板的木头桌子。"我敢打赌是后背神经紊乱,"他发现大夫的两只耳朵不一样大,那只小的边缘发绿。"我真不该每天醒来讲故事。我已经吃了一周牙膏,每次这么多。"他用大拇指和食指比画着。

有人从窗外经过。我们是在三楼,外面路过的那个人举着竹竿,竹竿头上趴着只绿蜘蛛。他的耳朵发烫。他咳嗽了一声。我急忙推门进去,把修好的空调遥控器放在桌上。他们不仅换了座位,还换了外套。他们谁也没说话,满脸疑惑,盯着我看。可我什么也不知道,只是收到条短信,替其中一人的父亲跑个腿。杨树叶的影子在纱窗上摇曳着,但上面没有蜘蛛在爬。

关于这次事件,后来有不同的说法,但已经不重要了。我们小镇经过三年改造,现在住满外地人,从事茶叶批发。我也改行了,学习画盒子。黄昏时,我把盒子里的声音放出来,看它们玩耍累了,跌跌撞撞爬回盒子。

长椿街——为老车生日而作

这是我没见过的筒子楼,分九个单元,每单元九户人家,但楼道是贯通的。每一家门口立一架木头梯子,据说碰到任何难题时,爬上去,坐在最高的横档上,掏出家训,认认真真读一个小时,难题便无影无踪。但问题是,前年夏至日,我在獭祭的空瓶子里灌满雨水。第二天,他们起床很晚,发现门口梯子不见了,楼道里,松鼠在表演车技,啦啦队挤在滑板上,挥舞彩带。居民们背贴着门,俯瞰了很长时间,直到脖子发硬,才回到屋里。他们又想起了家训,尽管难题还没出现,但饼干筒里,此时只剩下充满歧义的饼干屑。

写下以上文字的时候,我清楚知道雨水和饼干算不上平行世界。真正的平行世界存在于一本用旧的字典里,即折角的页码包含了链接两个时空的密码。他给东西起名时,想到童年的气味,想到那些偷梯子的人——是的,他们为那些消失的难题感到难过。

可是,我还没走下地铁站,就摸到了裤兜里锡做的松果。他问自己,去年三月,是谁从个旧寄来明信片?

咸阳

按照小黄帽给的地址,他来到一栋重新贴过外立面的家属楼前。两个蒙着面纱的老太太,像小学生那样手拉手在聊天,胸前挂着哨子,还有装蝈蝈的笼子。大公鸡异常兴奋,比他还快,冲她们奔去。

我又给自己续了根烟,望着栏杆下面浑浊的河水。那只大公鸡是我借给小黄帽的。我说得很明白,万不得已,绝对不能放它出笼。黎明和秋天必有生死搏杀。

"请忽略你不能照面的景象。"你听见有人在高声宣读。

他没有停留,绕到后面的平房。两扇铁门大开,里面鸦雀无声。孩子们在玩游戏。房间有一个半足球场大小,按地面材料不同分为三部分。左边是坑坑洼洼的水泥地,堆满废弃的轮胎和古老的农具。孩子们穿梭其中,把它们当作城堡和守卫城堡的武器。中间地带是白桦贴皮木地板,太多没有睫毛的眼睛。地上刷着红色油漆,写着:请单腿通过。右边是池塘,漂着不少魔方。孩子们骑着肥胖的鸭子,挥动手中的木头剑,不停发起围攻。溅起的水花打湿他们稚嫩的面孔。

蓟县

她叫约瑟芬,但长着胡须,鼻子下面稀疏几根,发灰,在阳光下闪着淡淡的银光。

我认识她时,音乐刚开始在一个很小的圈子里流行。小区中心花园被卖口琴的小贩占领。当然,占领在这里是一种隐喻,一种修辞手法。

你可能会问,如果我们没有在地下室里挖到早年的歌本,她还会突然出现在集体意识中吗?而且,停车场到处是水,漂着烂菜叶、烟盒、油腻的手套和各种凭证的票根。

还是说说口琴吧。她的代理人承包了一家作坊,以前是加工打卡机的。工人们一年下来,精神得到了极大改善,因为她们手中的时间每天在增加。倘若音乐的本质是时间的话,她们必须把多出来的时间转化成一种生命,哪怕这个生命来自黑暗。

我毕业后没事做,推销代理制。任何东西的代理制,包括怀旧语言体系,审美品位,甚至小宠物。只要客人们能想起,又无法说清楚,我就能先设计好框架,然后准确找到他们内心深处的症结。我租了一辆二手自行车,推着它走街串巷。

我遇见她时,她早已颇有名气。

阿奴古

陈文入住马克斯比大陆酒店后再也没有出来。有一种说法是，他被绑架了。住在隔壁的客人是一位逃犯，夜里做噩梦惊醒，听见他在磨牙。陈文的磨牙声在我们村赫赫有名，吓退过几次野猪。另一种更可靠的说法是，他在房间里闭关蜕皮。前台说，他用现金付了一个月的房费，告诉他们免打扰。天气热，他会自己洗衣服和床单。他要了一打肥皂。但给他肥皂的服务员第二天请假回家，至今未回。大堂经理，这个城市最瘦高的伊格波人，和他来自同一个村落，打过几次电话，都没人接。所以，酒店现在没人能证实陈文说过免打扰的话，但也没人能证实他没说过。

我是在约翰·巴斯的文章里读到比亚法拉共和国，想到陈文小时候曾经说起过他的理想。他总是坐着睡觉，这样梦里所有的空白就不会进入他的脑袋。但他的肤色一天天变白，医生说各项生理指标正常，不是白化病。可是，我为什么会想到陈文？关于他的所有传说，如果我不去打听，可能就不会出现各种语焉不详的猜测。

滦县

变戏法的空当
——汉家

这家酒吧存在的时间已经超过我的耐心和历史的延展度。一旦我的偏头痛稍微减轻,也就是起草信函时,我的手不再抖得握不住笔管。酒吧两位保安分别来自唐山和大冶,虽然口音差别如他们的饭量,但一致建议我用一半是竹子一半是不锈钢的笔管。不锈钢那一半不用时放在冷冻室里。降温是克服情绪激动的有效方式。我无法相信他们看的是同一部动漫。他们的深度近视镜片后面,你看见的是怯懦和渴望进步的欲望。

某个星期六晚上,有人去隔壁的书吧兑换筹码。对了,我忘记提醒读者,酒吧的营业执照因为虫蛀,"有限责任公司"中的"有"被补字工填上"无"。补字是新兴的技术工种。从事这个行业的目前还没有女性,但他们小时候都喜欢易装和纤柔的字体,好在他们喝酒海量,微醺时也能识别草书中墨色的年代。

"第二天确实作为蝌蚪存在。"书信交换处,或用鳞片和羽毛做标志的设计师宿舍,长期浸泡在水里。这是我离开家乡后,先迷路来到这里,然后遭遇他们也无法释怀的结果。

阳坊

落笔前,他已经在心里做了大量删节。故事不复杂,并非他希望的那样,但他后来发现,假如不是时间有限,他可以为我这个糊涂虫读者至少画三张线条繁复的示意图。第一张应该说明他是谁以及他的起源,用树的轮廓,有枝有干,至于树叶呢,他觉得只会让我更糊涂,虽然能最清晰表述他的是细枝上的一片卵形叶子。

在替他构思第二张图时,我接收到期盼已久的信号。

我住在年久失修的顶楼,里面堆满过去各个时代的符号。袖章,喇叭裤,大大泡泡糖,BP机……它们不是作为实物,而是画在纸板上,帮助我对应旧杂志中读到的小说内容。我喜欢抽象,但头发一词让我很尴尬。

事情后来发生好转,是因为一对离群的信鸽从我梦中飞过,我及时醒来,用那些纸板堵住鸟粪一样的雨从破漏的地方滴落。他写到这里,连续打了几个喷嚏。不错,事情进展顺利,该遗漏的细节终究会自燃。我很庆幸他被自己的妄想牵着鼻子走,而他假设的我开始浮现,像早已被否定的存在,像他窗外的狐狸。

济阳

卖帽子的也买帽子。他还买脑子,很遗憾,我没有多余的。

他是我同桌,姓戴。我以前姓丁,名白。我母亲姓白。另一种说法是,我父亲是入赘的,现代木匠出身,不太会用锯子,天天拿一个锤子。夜里闹头疼时,母亲往香灰里掺白面。不要理解歪了,是真正的白面,地里长出来的。

还是说说火辣辣的日头。我妹夫戏水,忘了脱袜子。我这么说,应该不用再补充什么没忘了脱鞋。他那天确实穿着拖鞋。我们全家管他叫袜子拖鞋女婿。妹妹一气之下,进山修道,妹夫反而成了比妹妹更亲的家人。

为了晒干他的袜子,我到处捡玻璃。"让阳光来得更猛烈一点吧!"戴同学加入了我的队伍,还送给我一副劳保手套。他自己背一壶凉水,用来浇容易晒得发烫的煤球钳子。

我们四处溜达。关于人类的相似命运,我们认为,上半身有时会像我父亲的锤子,动不动就砸向头部。幸亏传来烧焦的味道,夹杂着知了的轰鸣。母亲说,七上八下的话,我可以改姓,在陈和郑之间选择。最后我决定姓关东。

驻马店

我们在单一的数字里看完电影。墙面反光。眼球和镜片，不同材质和厚度的镜片，形成直径不一样颜色有微妙差别的光点，在脏兮兮的壁纸上跳来跳去。几百只困倦的蚊子，没力气落脚，自然谈不上咬谁一口。情节吸引着我们，像绝望的欲念。

"现在该读几声？"我的时间属于语言系统。你很了解，并排除所有异议，替它争取存在的可能。是的，我的每分钟分四个区域，滑冰，冲浪，跳伞，蹦极。但它们是后来才有的项目，不可能古老。周博士整理一下自己的衣冠，端端正正坐在原来是棋盘的石桌上。"你怎么哑口无言了？"我们同时咧嘴，先比试牙，然后张开，看到底谁的喉咙里喷涌更多的黑暗。

那要等到他彻底隐身，他的一双草鞋做了无家可归之人的窝，我才想到抱狒狒来的那位大师姓沈。他说他和博士同窗。他们的房间临水，水面静如无物，勾起他们绵长的回忆。他们聊个不停，几乎没时间睡觉，双眼布满血丝。我在替他们补房顶时，不得不提醒那些养性子的人，该问问有什么急事了。

门头沟

他说暖壶有两种方式保持沉默,灌满水和空着。那壶塞呢?我举手,给他看掌上写的答案。他从耳朵里又变出一碗红汤,像流血的番茄。(这个比喻很失败,像办公室的早晨。)

自从你在楼道里画好田字格,供大家存放自己的想法,灯泡经常瘪掉。每换一个,就有人往地上浇壶里的剩水。不下三次,我听见那些想法牢牢抓住裤脚,不肯洗澡。哼一个小曲,集体生活濒危,而你和我和他还是不等边三角形的消失点。早起的人尿频,弹弓一样站着。树并不想藏鸟,那只是鸟的想法。你说完,又去超市买标记不明显的符号。作为区别,一个走进晨雾的背影。

交代给竖起的大拇指还是耳朵?曾经是红缨枪的穗,一个网兜松懈的格,理解不牢靠的底座,轱辘碾出自己的轨迹……我们计算无形资产的成本和语言的负债。

这是普通的一天。他把报夹挂回墙上,戴上袖套。"看来等待是对的,从下午等到他打靶归来。"靶心是空的,我们相信。马车还是不上路,打着时间的旗号。(备不住,从字面上理解。)

扶风

种卷心菜的人不钓鱼。他们隔三岔五吃鱼。天上云多时,他们还会背一个竹编的鱼篓去买鱼。我起先并不知道,嫌屋里干燥,不关窗户,而且总是问他们什么时候下雨。他们从晒干的鱼刺里挑出一根形状相对完整的,摆在我面前。第二天,一些事情发生了变化。

如你们所知,我们并不生活在一起。我是指我和卷心菜。卷心菜是我借用的表达方式,从云投在水里的模样,从一位漫画家的业余生活。对了,业余,如果终其一生,会释放比专业还可怕的毒性。你画了它们的拟人版,墙上的泥块还是二十个世纪的事。

——是你企盼的效果吗?还是更糟糕?
——这一部分请用画外音。声音和实际说话的人不一定共时,但他额头上怎么会有鱼尾纹?化妆失败?还是我们祖先的遗存?

我步行走回水库。天色发青,水里一群裸泳的人。他们今天的工作是建立没有关系的关系,而我的工作是不工作,争取各个角度,让不参与的卷心菜无处不在。你没同意。"他原本是来偷睡帽的,不承想成了黑暗童话的作者。"

想象的可能性

少 况

他们打井时,挖到一个英国人的幽灵。他不说话,坐在酒瓶底,两眼放光,盯着手中雨伞的把手,仿佛那是他的灵魂居所。天黑得很快,人们开始上街。我又想诅咒了。你说我该怎么诅咒自己的过去呢?

我的家乡曾经有一个斗兽场,只对神的孩子们开放。我下意识地对那只虚空的驴耳朵说,你是我见过最优雅的生命,包括在梦的蓝色巨秩里。树叶快被那些蠢货嚼完了。挂满假水晶的圆顶,你最好躲开,越远越好。不少个下午,我看见他们驾驶着飞船追我。等一下,对面的海好像在塌陷。是的,声音像沙子一样流失,那些翻滚的帽子!那些马戏团的色彩!

有人端上来一个空盘子,挤满各种爱、忧伤、泪珠的光泽和笑声的碎片。支付币种?他们忘了写。在那份五年合同里,你可以用命运和勇气签字。清点豆子的日子,我已经成功地溶解了记忆的塑像。每一行字隔着冷漠的沟渠,我在里面豢养血肉模糊的帝国。它们在蜕皮。

我折起下一个节目单,像折起一块脏手帕。

——《亚丁》

两年前,我开始写一系列不分行的诗,每一首标题都是一个真实的地名。我喜欢旅行,去过不少地方,但这些不是我的游记,它们是纯想象的文字,除了一些街道或商店的名字在地图上可以查到，里面的人物情节皆为虚构。我称它们为有中生无，是希望通过文体上的摸索，继续自己的非经验写作。它们处于散文、随笔和诗的交界处，有一种非此非彼的边缘性质。如果说写作是解放内心，诗的写作，如果不是完全依赖于，起码在各种写作中，是最依赖于想象的。想象是一片自由的飞地，它带着写作者不断逃离成为现实的中心地带，向边缘突进。它是试图摆脱物化的、变得沉重甚至僵硬的文体，获得轻盈、灵活和梦幻的品质。语言在寻找新的疆域中唤醒自己。

《亚丁》是其中一篇。亚丁是也门的一个港口，我没去过。当年兰波放弃写作，从这里去往非洲。另一个和这篇《亚丁》有一点间接关系的是英国旅行作家蒂姆·麦金托什－斯密斯的《也门：未知的阿拉伯半岛》。兰波、未知和我没去过，它们和我的写作有关，尤其是我没去过，它给了我更大的自由度和想象空间。我在写去过的地方时，也尽量从经验和记忆的束缚中挣脱出来，尝试着突破个人有限的视角，进入一片未知的领域，仿佛自己是在写一个没去过的地方。我写过南京地铁三号线每一站的地名，总共二十九站。其中南京站离我住的地方很近，我坐火车去过不下百次。将自己非常熟悉的地方陌生化，要用一种异于寻常的方式进入和呈现，或许更接近我理解的写作和诗。在这里，我把《南京站》的开头抄录如下：

1）建筑
一种不新不旧的样式。有人拖着话筒的画面，尴尬地闯进凌晨六点十分。其实，戴耳麦的群众演员假装彼此不认识，又对旁边的一位极感兴趣。"说你呢！不允许带活物上火车！""是活的，但是假的。只有眼珠会转，声音是我提前录好的。"而且，我买了往返，就是为了带它进站。现在可以出站了。光线斜切，从天窗泄露，角度和从前扫地的大笤帚保持一致。

2）鞋跟

切糕。改锥。木楔子。对发型提出新的要求。他设计的袖章得了奖。

在文体的尝试中，一首诗还要处理文字、叙事、无结构、人物、中心、自我、线性、边界等问题。

文字。诗的文字，写过的和可写的，无穷无尽。我个人喜欢的比喻是空气，嗅之无味，又无处不在。或者呼吸。我们不是时时刻刻关注它，但它是生命存在的体征。好的文字，对我来说，是鲜活的，克制的，包容的。鲜活，意味着当下，来自我们平时活生生的话语，读来上口，但又非口水。克制，意味着一种趋近零度的写作。避免抒情，因为抒情极易陷入个人的情绪。用史蒂文斯的话说，伤感是一种失败的情感。包容，其实和鲜活有关，不做人为的切割和区分，让文字具有注入各种新鲜血液的可能性。换言之，不设防，打开语言的边界，呼吸自由。

叙事。它在诗中扮演了引入和间离的双重角色。我们喜欢听故事。细节和情节，胜过感喟和呼吁。它们仿佛搭建了一个舞台，或展现一幅画面，吸引着我们。但叙事也是一道透明的墙，防止写作者自我沉迷，进而更好地审视文字自身，让文本成为一个独立的空间。

无结构。每个人对写作和诗都有自己的理解。在我看来，生命和语言，存在于时间中，是流动的，无法明确预知和规划。生命的体验，在一个中心不复存在的世界里，各种时空交错；试图展现它的语言，因为个人的意识和局限，主观的变形和客观的困囿，往往迷失在所谓的逻辑和框架中。流动的诗，是自然生成，是突然降临，是豁然开阔。韵和分行，也应该处于流动中，而不是困在结构中。过去和未来，在写作的当下，在语言的递进中，彼此交融，难以分清，成为想象的过去和包含过去的未来，汇入当下的文字中。

人物和中心。兰波的"我是另一个人",是对既定现实的否定,对他者和可能性的认可。某种意义上,是对诗的本质的确认,呼应波德莱尔的航行。诗中的"我"不是诗人本人,甚至不是写作中的那个"我"。"我"成为另一个人,这另一个人又变换成不同的角色,从不同的时空到来,交集,离去……舞台布景的改变,大卫·林奇电影里身份的改变和混淆,立体派绘画中多视角展现的形体重叠,为线性展开的语言,提供了丰富性,也取消了唯一人物的自我中心。

在消解自我的过程中,诗接纳了开放、他者、各个界面的共时性。一首诗的结束只是暂时的停顿,通向多条"不一样的路"。我在《伊斯基亚》里尝试着这么收笔:

> 我下到滚烫的水中。我的绝缘外套既防止皮肤灼伤,又传导天地的能量。我抓过那个傻瓜头顶上的毛巾,揩去脑门上的汗。《冰经》里有记载,西方御寒,东方抗热。是理性和情感吗?我们都是自己的反面,只不过他没有明说。他从神庙外的地摊上,买下所有赝品,用来抵消他得到真经的福分。他在机场点了两杯卡布,把它们全浇在鞋面上:"你看,我没有方向,褐色的纹路昭显命运。"后来的事,我记得清清楚楚。

"我"真的"记得清清楚楚"?《冰经》并不存在,是诗中的"我"伪造的。"我们都是自己的反面"。"你看,我没有方向",这么说的人怎么会对后来的事记得清清楚楚?当然,这是我现在的解读,而当时那个写作的我真的是这么想的吗?恐怕已然是飞鸟无痕。